황지 중앙초등학교 12기 문집

우정의 문집

우린 이렇게 눈빛만으로도

황지 중앙초등학교 12기 문집
우정의 문집

우린 이렇게 눈빛만으로도

초판1쇄 인쇄 : 2023년 5월 30일

초판1쇄 발행 : 2023년 5월 30일

지은이 : 황지 중앙초등학교 12기

발행인 : 장문정

펴낸곳 : 도서출판 그림책

편집 : 이정순 / 정해경

주 소 : 경기도 수원시 영통구 이의동 웰빙타운로 70

전 화 : 070-4105-8439

E – mail l : khbang21@naver. com

표지디자인 : 토마토

황지 중앙초등학교 12기 문집

우정의 문집

우린 이렇게 눈빛만으로도

꽃이 먼저 알아낸 슬픔과 한

- 강형철·시인 문학박사

 황지 중앙초등학교 12기 동창생들의 문집을 읽으며 생각한 일은 글쓰기에 조금 익숙하거나 서툰 사람이 있을 뿐이지 글에 얹혀있는 사람살이의 모습은 모두 비슷하게 감동을 준다는 점이다. 또한 거기에는 글을 쓴 사람들의 특별한 모습을 보여주는 빛나는 순간들이 내재되어 있어 조금 더 다듬으면 좋은 글로 상찬 받을 수도 있겠다는 생각도 하게 된다. 어쨌든 모두가 열심히 살아 왔으며, 또 혼신의 힘으로 살고 있고, 동시에 그 과정에서 인간의 희로애락 애오욕의 다양한 감정을 표출하며 살고 있다는 것을 우리는 알 수 있다.

 물론 그런 복잡미묘한 감정과 생각 중에서도 기뻐하고 슬퍼하는 모습이 도드라질 뿐이며, 오랫동안 떨어져 자기 몫의 삶을 살고 서로를 만나게 되니 즐겁고 신이 난 모습이 중심을 이루고 있어 서로 간에 우애를 다지는 데는 이만한 경사도 없겠구나라는 공감을 하게 될 것이라 생각한다. 우선 마음을 다해 문집 『우린 이렇게 눈빛만으로도』의 발간에 축하의 말씀을 드린다.

 이 문집은 김해든 시인이 주축이 되어 만들어진 것으로 알고 있다. 시인 김해든은 자신이 황지 중앙초등학교 동창회에 15년 전에 처음 나가면서 언젠가 친구들과 문집을 만들어야지 하고 혼자 생각했고 그 후 이 우정의 문집을 내기 위해 혼신의 힘을 기울인 것으로 알고 있다. 이 문집에는 '시를 쓴다는 기준점이 무엇인지도 몰라. 집에서 잠 안올 때 긁적여봤던 것이지만 보내본다'(구석수)는 말부터 '딸에게 편지를 써봤는데 괜찮으려나'(송윤정)라며 보낸 글도 있고 '태백장애인복지관에서 들은 강의를 바탕삼아 쓴 시'(김정미) 등등 모두가 같이 즐겁게 참여하고 있다.

어려운 시절을 견디고 살았던 초등학교 친구들이 경향 각지에 흩어져 살면서 각자의 가정을 이루어 크게 성공하기도 하고 실패도 하면서 살아온 50년 가까운 삶이 어찌 몇 줄의 글로 요약될 수 있으랴. 그럼에도 60이 다 되어 서로 의기투합해 만들어진 이야기 한 마당이기 때문에 이 마당에 들어서면 모두 다 흥겹고 즐거워지며 동시에 친구들은 서로 살아온 속내를 알기에 가슴이 아프기도 할 것이고 마음 깊은 존경과 축하의 마음이 저절로 솟구치리라 생각한다.

초등학교 졸업한지 40여년 만에 만나는 일은 쉽게 생각할 수 있지만 실로 어려운 일이다. 게다가 글을 써서 이야기를 나누고 책을 만들어 펴내는 일은 참으로 더 어려운 일이 아닐 수 없다. 그런데 그런 일을 용케도 해냈다. 서로 간에 축하할 일이고 참으로 즐거운 일이며 덩달아 춤을 추고 싶을 정도로 즐거운 일이 아닐 수 없다.

이런 귀한 잔치에 축하의 말을 쓰라는 청을 듣고 처음에는 자신이 없었지만 결국은 이렇게 축하의 말을 감히 보태게 되었다. 이 또한 김해든 시인의 어마어마한 압력(?) 때문이다. 그러나 순전한 압력 때문이 아니고 책으로 나오기 전의 원고를 보면서 책을 내는 일에 동참해준 친구들의 순정한 우정과 따뜻함에 여기에 참여하고 마음을 보탠 분들에게 참 아름다운 분들이라는 찬사의 말씀을 드리고 싶다.

그러나 이 말이 단순하게 책을 낸다는 사실 때문은 아니라는 점을 덧붙이고 싶다. 이 문집에는 그야말로 모든 사람들을 감동시킬 만한 삶의 진정성이 그대로 생생하게 살아 있고 참여하는 모든 분들의 소중한 삶이 깃들어 있다. 이러한 인연을 만들어준 김해든 시인에게 고맙다는 생각을 할 정도로 즐겁고 행복하다. 아니 미안하다.

사실을 고백하자면 김해든 시인을 만나기 전에 그는 김인숙이라는

학생이었다. 대개 가끔 만나서 차도 마시고 이야기를 나누기 마련인데 그는 그러지 않았다. 특강을 마친 후 명동 골목에서 식사를 하고 차를 마신 기억이 있을 뿐이다. 국문학과에 입학과 자퇴를 반복하다가 문창과에 온 그는 문학에 대한 열정이 깊었다. 더욱이 얼마 지나지 않아 이른바 COVID-19 역병이 시작되고 그 이후로는 직접 강의를 하지 않아 사적으로 알 수가 없었다. 그런데 2020년 글로벌 경제신문에 그의 시가 당선되었는데 종이신문으로 발표되지 않았고 그 사실만 확인했다. 그 후 당선작품집이 출간 되었는데 읽지 못했다.

마땅히 크게 축하하고 잔치라도 벌여야 했는데 그러지 못했고 나는 2020년 8월에 정년퇴직을 하고 출생지 전라북도 군산에 돌아가 생활했으니 더더욱 멀어질 수밖에 없었다. 그런데 그 후 당시 당선작을 비롯한 49편의 시를 묶은 시집(『금비나무 레코드 가게』,2021, 도서출판 그림책)을 냈고 겸하여 1년 후에는 산문집(『괜찮은 사람들이었다』,2022, 도서출판 그림책)을 냈다며 작품집을 보내왔다 그 작품들을 읽고 나는 엄청난 충격을 받았다. 너무나 커다란 감동이었고 알량한 문학평론을 하던 나를 한없이 초라하게 만들었다.

큰 시인을 만났다는 생각을 했다. 그리고 그 감동을 잘 표현하여 김해든 시인의 문학에 대한 본격적인 글을 쓰리라 다짐하게 했다. 그런데 그와 거의 동시에 친구들과 문집을 내는데 글을 써서 축하해주라는 부탁을 했다. 그는 조심스럽게 부탁을 했겠지만 나에게는 앞서 말한 바와 같이 명령이나 다름없었다. 그래서 무조건 그러겠다고 했는데 보통의 경우와는 너무나 다르기에 많이 당황하기는 했다. 그러면서 그 원고들을 보며 나는 그의 친구들 그러니까 이 문집에 글을 싣게 된 친구들에게도 귀여운 강압(?)이었으리라고 짐작케 했다.

이야기가 길어졌는데 우선 김해든 시인의 시와 산문 이야기를 잠시

라도 하고 싶다. 김해든의 시집에는 아버지에게 바친다는 시인의 말이 있다. 그의 아버지는 수많은 곡절을 겪고 그가 스무 살 무렵에 돌아가셨다. 「중앙병원 1」,2의 연작에서 이른바 산업재해로 입원하여 돌아가시던 당시의 모습을 보여주고 있다. '불 켜진 병실 늘어진 링거줄들을 보면서 '거대한 수생식물원으로' 생각하기도 했던, 그럼에도 온 식구가 아버지의 검은 노동을 파먹던 시절'로 그 슬픔을 회생시키고 있다. 그러나 더 슬프고 가슴 저린 일은 「소금목욕」, 「고목」 등등의 시에서 보듯 돌아가신 후의 살림살이가 그려진 시편들이다. 시집 전체가 시인이 여덟 살 때 아버지의 삼판 사업실패로 평창에서 태백으로 야반도주한 식솔들의 간난신고가 가득하다. 아니 철철 넘친다. 그럼에도 그는 그 모든 것을 아름답고 애틋하게 담고 있다.

또한 산문집에도 그러한 삶의 신산한 삶이 그려지고 있나 그는 산문집『괜찮은 사람들이었다』라는 말에서 보는 바와 같이 그는 자신이 겪은 모든 간난과 모든 사람들에게 괜찮은 사람들이었다라는 체념과 위대한 긍정이 담긴 말을 건넨다. 그의 글 속에서의 화자는 우람한 산맥의 위용과 광대한 바다를 동시에 담고 있다.

이중 그가 열일곱 살에서 스물 한 살까지의 일기장을 보며 그 소회를 적은 「일기장」이란 산문을 본다. 40여 년 동안 수없이 이사를 다니면서도 가장 먼저 챙겼던 일기장과 편지를 보관했던 박스에서 겉표지는 변색되고 퀴퀴한 냄새를 맡으며 쓴 글이다. 그는 10대 후반 막 20대가 될 때 태백에서 부천으로 이사하여 식구들 모두 자기 몫의 힘듦을 감내하던 시절의 이야기를 보면서 오히려 그 시절이 준 깊은 삶의 비의를 깨닫고 있다. 그런 와중에 그가 겪은 첫사랑이야기며 그와 작별하던 이야기 그리고 그 이후 살아온 시절의 꿈을 꾸던 이야기를 보고 있면 세상의 가장 험한 곳을 통과해서도 여전히 사람들을 사랑하고 그리워하는 맑은 마음이 굽이 치고 있다는 것을 알 수 있다.

이 문집에 있는 태백 황지 중앙초등학교 12기 친구들의 글을 보면서도 김해든 시인이 말하고 있는 7-80년대의 탄광지대 태백의 삶은 물론 그 이후 살아온 세월의 이야기들이 시와 산문의 형식으로 다양하게 실려 있다. 글에 대한 전체적 느낌은 앞서 말한 바와 같이 소박하지만 진솔한 마음으로 각자의 삶이 그려져 있다. 특히 어린 시절 친구로 살 때 서로 느꼈던 우정에 바탕을 두고 자신들의 삶을 있는 그대로 드러내고 있다. 무엇이 흉이 되고 자랑이 될 것인가. 거꾸로 살아온 그대로를 서로에게 보이고 웃고 때로 가슴 아파하면 되는 것이다. 본원적인 연대가 있는 삶의 공동체에 간에는 깊은 신뢰와 사랑이 있을 뿐이다.

그런 점을 생각하면서 만해 한용운의 시 한편을 같이 읽으며 이 어려운 축하의 말을 대신하고 싶다. 이 시는 1926년 발간된 한용운의 시집 『님의 침묵』에 실려 있는 「님의 침묵」이나 「알 수 없어요」에 비하면 덜 알려져 있지만 진 「꽃이 먼저 알아」란 제목의 시다. 시집이 1926년에 발간되었는데 그 초판본 원문은 그 당시의 표기법으로 씌어졌기에 현대어로 바꾸었다.

옛집을 떠나서 다른 시골의 봄을 만났습니다

꿈은 이따금 봄바람을 따라서 아득한 옛 터에 이릅니다

지팡이는 푸르고 푸른 풀빛에 묻혀서 그림자와 서로 따릅니다

길가에서 이름도 모르는 꽃을 보고서 행여 근심을 잊을까하고 앉았습니다

꽃송이에는 아침 이슬이 마르지 아니한가 하였더니 아아 나의 눈물

이 떨어진 줄이야 꽃이 먼저 알았습니다

 이 시는 두 개의 연으로 돼 있다. 첫 연은 이 시가 쓰인 시간과 공간 즉 긴 겨울을 지나고 봄이 되어 타지를 떠돌던 중에 지팡이 하나 벗 삼아 떠도는 모습을 보여준다. 두 번째 연에는 그렇게 떠돌던 중에 길가에 핀 꽃을 보고 너무나 아름다워 그 곁에 앉았다가 감동을 받고 자신도 모르게 눈물을 흘렸다는 이야기가 담겨 있다.

 이런 순간을 우리는 누구나 겪었던 일이라고 쉽게 말할 수 있다. 그런데 이 시에 백미는 꽃을 보면서 그 위에 얹힌 물방울을 아침 이슬이 햇빛에 의해 증발되지 않은 것으로 느꼈는데 문득 정신을 차려보니 그 꽃 위의 물방울은 자신도 모르게 흘린 눈물이었다는 것이다. 이를 시인은 눈물을 흘린 자신보다 꽃이 먼저 알았다고 쓰고 있다.

 글은 사람 간에 소통하는 것이라서 내가 슬프다 나는 아프다라는 말을 먼저 하는 것보다 그런 슬픔이 존재하는 객관적 정황을 그림처럼 그려서 다른 사람이 느끼게 만드는 것이 중요하다는 점을 보여준다 하겠다. 그 꽃이라는 낱말이 그 배후에 거느리고 있는 것은 이 세상일 수도 있고 그곳에 사는 사람들일 수도 있으며 이 문집에 바탕해서 말하면 여기에 글을 싣고 있는 친구들도 되겠다.

 여기 문집에 참여한 모두는 어려운 시절을 살아왔으며 그럼에도 불구하고 모두 다 이겨내고 여기까지 왔다. 그러므로 여기에 실려 있는 모든 글들은 서로가 자신도 모르게 흘린 눈물이며 동시에 꽃이 되어 빛나면서 진정한 회통의 장이 될 것이다.

 다시 한 번 더 마음 깊은 축하의 인사를 건넨다.

강형철 ·시인 문학박사

1955년 전북 옥구군(현 군산시) 미면 출생

신풍초등학교, 군산남중, 군산상고를 거쳐 숭실대 철학과, 동 대학원에서 국어국문학과 석사과정 박사과정을 졸업했다. (문학박사)

1985년 민중시 2집에『해망동 일기』외 5편의 시를 발표하며 작품활동을 했다.

〈5월시〉동인,

시집으로『해망동 일기』『야트막한 사랑』『도선장불빛 아래서 있다』『환생』등이 있다

평론집으로『시인의 길 사람의 길』『발효의 시학』등이 있다. 『민족시인 신동엽』『시로 읽는 환한 세상』등의 편저가 있다. 한국작가회의 사무국장 상임이사 등을 역임했고 문예진흥원 사무총장을 역임했으며 숭의여자대학에서 교수를 역임했고 2020년 정년퇴직을 했다.

현재 군산시 소룡동에 거주하면서 시를 공부하고 있다.

e-mail : hckang55@hanmail.net

우리는

이번 봄은 특별하다. 특히 4월은⋯
지나가는 사람처럼 갔다.
겨울과 봄 사이를 쓴 장편소설 한권을 읽은 것 같다.
리뷰를 달아볼까?
오래 전 막연한 바램이, 느닷없이 비논리적으로 시작되었다.

드디어 시작했다.
이제서야 시작했다.

어디를 가든 1월 2월 그리고 3월
 나를 따라 다닌 문장이다. 15년 전 동창회를 처음 나가며 막연히,
문득 했던 생각일 뿐이었다. 언젠가는 친구들과 우정의 문집을 만들
어야지. 그때도 여전히 나는 어설픈 열정만 가득한 채 문학 언저리를
드나들었다.
 세월 한참 지나 만난 초등친구들은 노래였다.
 지나치게 자주 만나도 좋았다. 술을 마시지 못 해도, 노래를 부르지
못 해도 친구들이 있는 곳엔 나도 있었다. 그냥 좋았다. 어디에서 그
렇게 깔깔거리며 웃을 수 있었던가.

 순간 생각하다가, 한동안 잊었다가 그렇게 언젠가는 우리들의 이야
기를 문집으로 만들어봐야지, 나이 더 들어 읽어보면 어떨까? 애틋하
게 상상하며 설마 문집을? 그땐 그랬다.

어렴풋 심은 마음이 오랜 시간이 지난 후 싹이 돋았다. 57세가 된 새해 1월, 2월 그리고 3월 나는 매일 기다렸다. 그 것 외엔 기다릴 게 없는 사람처럼 즐거웠다. 새해 맑은 햇살의 당당함을 바라보며 기원했다. 그것이 희망이어서 좋았다 .

친구들의 글, 처음엔 1편, 3편… 5편씩 도착했다. 그들의 첫 독자가 되어 읽는 글은 영광이었다.

오랜만에 느껴보는 설레임이었다.

농도가 다른 눈물과 웃음이 왔다. 차분히 바라보며 자신의 삶을 올곧게 걷는 일상이 담담하게 도착했다. 깊이 감각하며 지내다 보니 한 계절이 떠나고 봄이 되었다. 봄이 되자 45명의 친구들 글이 글쓰기 함에 모였다. 프로필 사진도 이게 어때? 하며 사진도 다시 보내고 글도 수정해 보내며 끝까지 신경 쓰는 모습이 고마웠다.

덕분에 자신의 시간을 갖고 자신을 마주해 본 시간을 만들어 줘서 고맙다는 말, 나도 친구들 말에 화답 했다. 친구들 덕분에 행복했다고…

바쁜 일상 틈 사이로 우리가 부른 노래들.

그간의 노력과 마음을 여기 묶는다.

초등학교 졸업한 지 40여 년이 훌쩍 지났다.

우린 부모가 되고 할아버지 할머니가 되기도 했다.

한바탕 살고 보니 아프기도 하고 흰머리도 생기고 주름도 생겼다.

쉿! 조용, 조용히 가만 밑줄 그어 본다.

살아온 날에 긋는 밑줄임을 알 듯 모를 듯 다가올 날에 기대어 긋는다.

문집의 제목은
[우린 이렇게 눈빛만으로도] 이다.
친구들과 그 다음 말을 이어가며 살아가고 싶기에…
언어가 있음에도 눈빛으로 전하는 말은 얼마나 포근하고 애잔한가.
오래 전 읽은 시집처럼
골목 안 문 닫힌 단골 카페 같은…

화이팅!
화이팅!
우리 해냈다. 함께여서…
우정은 힘이어서
우리가 한 계절 겹쳐 본 시간이 여기에
예쁜 것도 예쁘고, 굽은 것도 예쁘고, 곧은 것도 예쁘고, 모두
충분히 쌓인 눈물이었다.

친구야… 수많은 말을 이어가며 건강하게 오래 보자.
우리의 첫 우정의 문집을 축하하며…

2023년 꽃들 팡파레 황홀한 봄
김해든

우린 이렇게 눈빛만으로도
차례

황지 중앙초등학교 12기 문집

우린 이렇게 눈빛만으로도

건강검진

강명숙

울산 거주

건강검진

안과검진 받았네
이상없다하네
참 다행이다

중년이 되니 고장도 많다네
고쳐가며 살아야하네

손꾸락도 발꾸락도.
어깨도 허리도 성할 때 관리 잘하세

나이들어 남는 건 건강이 최고라네

바다
친구
시간

공정숙

경기도 양주 거주

바다

중학교 수학여행 때 보았던 바다는
나에게 그리움을 심어주었고
동경의 대상이 되었다.

여고시절의 바다는 낭만과 추억의 장소였고
친구들과 우정을 쌓을 수 있는 장소였다.

결혼 후 아이들을 키우면서 바라보던 바다는
무서움을 느끼게 되었고
모래알이 신발 속을 파고 들어올까
경계의 대상이 되었다.

중년이 되어서 바라보는 바다는
엄마품처럼 따뜻하고 모든 걸
품을 줄 아는 우주가 되었다.

노년이 되어서
내가 느끼는 바다는
어떤 모습일까?

친구

친구에게 문자를 받았다.
정숙아 너도 글좀 써봐~
나보고 글을 쓰라고 할 수 있을까?
망설여지고 선뜻 대답을 할 수 없었다.
난 시간이 없어서 못 쓸 것 같다고 했다.

그리고 며칠 후 친구들과 울산 방어진 여행…
오랜만에 만나는 친구들이라 설레였다.

아침 일찍 양주에서 출발
수원에서 친구들과 합류 1박2일의 여정이 시작됨과 동시에 하하 호
호 웃음소리가 차안을 가득 채웠다.

그동안 못했던 이야기들 하고 또 해도 그칠 줄 모르는 친구들을 바
라보며 한살한살 나이가 늘어날 때마다 오늘이 우리 생에 있어서 가
장 젊은 날이라는 걸 느끼게 된다.

나이가 들어간다는 것은 삶의 지혜를 터득하고 세상을 넓은 마음으
로 바라보며 비움을 실천하고 친구의 소중함을 느끼게 되었다.

전화 한통으로 한걸음에 달려온 친구와 출렁다리를 건너며 그동안
마음에 담아두었던 얘기들로 시간 가는 줄 모르고 해녀들이 건져 올
린 멍게, 해삼, 전복, 미역으로 바람 부는 바닷가에서 쪼그리고 앉아

술잔을 기울이던 친구들의 모습을 보면서 잔잔한 미소를 지어본다.

이런 것에서 소소한 즐거움과 행복을 느낄 줄 아는 나이가 되었다.
친구들이 챙겨온 선물을 받으며 따뜻한 마음도 함께 전해져 온다.

저녁을 먹고 마트에서 장을 보고 숙소에서 또 다시 시작된 수다삼
매경 들어도, 들어도 질리지가 않는다.

이런저런 일들로 서로에게 서운함을 느낄 때도 있을 테지만 그 누구
하나 감정을 드러내지 않고 이해하며 웃음으로 마무리 한다.

모든 게 삶의 연륜이고 마음의 여유가 아닐까 생각해본다.
작년과 다르게 일찍 잠자리에 드는 친구들을 보며 우리도 다들 익
어가는구나 라는 생각이 들었다.

서로 이해하고 희생하며 감싸주며 곱게 익어가는 친구들에게 진한
감동의 향기를 맡았다.

시간

하루를 여는
새벽안개

아침의 시작을 알리는
따스한 햇살

점점 하늘 가운데로 떠오르는
태양

씩씩하고 힘차게 하늘을 지키던 태양은
서서히 서쪽을 향해 기울며
남은 시간을
밤에게 넘겨주고 떠났다

밤이면 하늘엔 달과 별들이
금빛으로 수를 놓으며
하늘을 지키고 있다

하루하루가 같은 듯 하지만 다른
내일이라는 시간으로 다가온다

갱년기
나는 할머니
우리집 막내

구석수

강원도 태백 거주

갱년기

친구들이 힘겨워하던 갱년기 과정을
곁에서 말로만 들어 주었다

그런데, 요즘 내게 갱년기가 찾아왔다
지금까지 난 바쁘게 시간을 지나왔다
고달픈 몸과 마음은 늘 시간에 쫓겨 여기까지 뛰어왔다
뒤돌아 볼 겨를없이 그렇게 내 나이 오십일곱
무얼 그리 헐떡이며 숨차게 지금까지 달렸는지…

최근 갱년기를 맞으며
순간 우울감과 서글픔이 밀려온다
가끔 창밖을 바라보다 내 의지와 상관없이
눈에서 눈물이 또르르 흐르는 것은 왜일까?

머리에 열이 확 오르면 식은땀은 뒷 목 줄기를 타고 줄줄 흐르고
얼굴은 술 한잔 한 듯 빨갛게 잘 익은 홍시가 되고
가슴은 가끔 두근 반, 세근 반 숨이 콱 차올라 심장이 멈칫하는
밤엔 잠을 이루지 못해 밤하늘의 별을 헤아리는 날들…

이렇게 나를 힘들게하는 갱년기
내 살아온 삶이 너무 힘겨웠는데 갱년기가 날 너무 힘들게 한다
빨리 갱년기를 떨쳐버리고 평온함을 찾고 싶다

나는 할머니

나는 할머니다

외 손녀 둘, 친 손주 하나
내 몸에서 태어난 내 딸, 내 아들…
그런 딸, 아들의 분신들

슬프거나 힘들 때
늘…
내게 에너지를 만들어 준 내 딸, 내 아들

지금은 또 내 손녀, 내 손주에게서
더 큰 에너지를 충전 받는 나는
너무나 예쁜 할머니다

우리집 막내

넘나 예쁜
우리집 막내

언니, 오빠의 사랑을 듬뿍 받으며
벌써 올해 스물세살이 되었다

대구보건대 3년을 마치고
2월에 졸업을 했다

지금은 소아치과 치위생사 샘이 되었네

조금만 천천히 한 걸음 한걸음
나아가길 나는 바라본다

막내야 !
엄마, 언니, 오빠는 늘 막내 편이다
새내기 우리 막내 화이팅 !

나의 투병 생활

김경희

강원도 동해 거주

나의 투병 생활

2004년 내 나이 서른하고 여섯이었다.
난 그때부터 투병생활을 해왔다.

직장생활을 하면서 어느 날부터 몸이 붓고 피곤했는데
난 그냥 무시해 버렸다.
젊다는 핑계로 아직 팔팔한 생선이라고…

건강이 악화된 상태에서 병원을 찾았을 땐 이미 늦어버렸다.
신장기능이 20%로 밖에 안 되어서 신장이식이나 투석을 해야 한다
는 말을 듣는 순간 남편은 그 자리에 주저앉아 버렸고, 난 그냥 막막
했다.

그리고 혈액투석…

투석하는 일은 보통이 아니었다. 일주일에 3번 하면서 몸은 고통스
러웠지만 난 내색할 수 없었다. 내가 우울하고 힘들어하면 나를 지켜
보는 가족들이 얼마나 힘들어할까 하는 생각에 난 애써 웃음을 간직
하며 밝고 즐겁고 행복한 모습으로 생활 해왔다.

주변에서는 나의 밝은 모습을 보면 아픈 사람 같지 않다고 했다.
그리고 투석 거의 6년 정도 지나서 운 좋게 2010년 신장이식을 받
을 수 있었다.

그리고 건강도 어느 정도 회복되었다.

장의업을 하면서 생활도 어느 정도 안정되면서 어느 한쪽이 허전해서 어릴 때 친구들이 그리웠다.

그리고 동창들 모임에 참석하면서 나의 행복지수는 업 되었다.

그리고 2017년 유방암에 걸려서 암투병을 하며 주변의 지인이나 친구들이 나의 건강을 많이 걱정해주고 챙겨주는 이들이 있어 또 한 번 난 인생을 잘살았다는 느낌을 받으며 행복함을 느낀다.

지금은 또 한 번 시련이 닥치고 있다. 나의 건강신호에 또 적신호가 찾아오고 있다.

그래도 이번에도 또 이겨낼 것이다.

친구야 사랑해

김경희

강원도 태백 거주

친구야 사랑해

새벽 비둘기 울음소리에 잠이 깼다.
어제 친구로부터 받은 카톡 한 줄
"몇 줄이라도 꼭 써서 보내줘 울 친구 경희글 꼭 넣어야 돼"
책임감이 느껴진다. 우리 12기 친구 한명, 한명… 참여를 위해 카톡과 격려로 우리들의 추억을 쌓고자 하는 친구의 이쁜 마음이 엿보인다.

친구들 모두가 참여하여 책갈피 한장 한장 넘길 때마다 행복했으면 하는 생각을 해본다. 60살 즈음 되어가며 우리들의 이야기가 담긴 소중한 추억 하나하나를 선물할 수 있음에 감사하다. 무슨 글을 쓸까 어떤 글을 써야 할까

참 잘 써야 하나 아니 그냥 생각나는 대로 편하게 써봐야지
지나간 편지들을 다시 꺼내 읽어본다.
보내지 못한 편지도 있고 색 바랜 손글씨 편지가 정겹다
어떤 글을 쓸까 보내지 못한 편지도 올리고 싶고 우리들의 이야기도 쓰고 싶고…

며칠이 지나 또 한 번의 카톡
"경희야 일기 몇 줄이면 되니까 꼭 함께 하자"

용기를 내어 쓰다만 책상위의 글을 이어보려 한다.

자꾸 글이 끊긴다. 생각은 많고 글은 매끄럽게 이어지지 않으니 요술펜이 필요한 것 같다. 생각하는 대로 펜만 들고 있으면 술술 써지는 요술펜…

난 요즘 '겨울연가' 드라마를 다시 시청하고 있다. 20년 전 방영 된 운명적인 첫사랑, 세 남녀의 사랑이야기, 주인공의 바람머리, 목도리, 곤돌라에서의 데이트, 눈 덮인 설산 순수했던 젊은이들의 첫사랑, 삼각관계, 배경음악 OST(처음부터 지금까지 마이메모리…)

지금 다시 봐도 어색하지 않다. 교복세대와 두발자율화를 함께 겪었던 우리세대, 그 교복의 정겨움에 이 드라마가 우리들의 이야기인양 착각에 빠져본다. 친구들도 그 옛날 연락 못한 친구들이나 그리운 친구들 첫사랑을 떠올려 웃음 지어보기를…

이렇게 "12기 우리들의 책 만들기"의 소중한 일들로 더 화합할 수 있는 계기가 되었으면 하는 바람을 가져본다. 2달여 동안 함께 글과 시를 쓰고 즐거움에 웃음 짓는 친구들의 모습이 그려진다.

오늘은 12기 우리들의 책 만들기 마감일…
새벽5시에 눈이 절로 떠진다.
마무리 못한 글을 쓰기 위해…

친구들 우리 건강하자
행복하자

이쁜 엄마

김경희

경기도 수원 거주

이쁜 엄마

나를 바라보는
눈빛이 이랬을까

내 작은 눈
반달이 되었네

어릴적 가끔은 갈대밭 바람처럼
쓸쓸함이
엄마사랑으로 채워졌네

꽃이피고 낙엽지고
눈이 내리며
한 줄 한 줄 그어진 모습이
내 눈 가득 채워졌네

어여쁜 꽃이 되었네
나도 그 시간을 따라가네

신호등 앞에서 우리

김동수

강원도 원주 거주

신호등 앞에서 우리

나에게 질문 해본다
미래와 과거의 잔상 속에 잠시 머문다
우리의 인연은 어디에서 온 걸까
아린 기억도, 행복했던 시간도
아직은 빨간불
멈춤의 이치를 깨우치듯
대답하기 어려운 질문이 연속인 삶이다
신호등 앞에서 멈칫
녹색불에 건너라구요
저는 빨간불을 기다리는 중입니다
다음 녹색등이 켜지길 기다릴게요
지금은 천천히 건너는 법을 배우는 중이거든요
직진 길만 알았을 때가 있었죠
신호등이 안 보였어요. 그땐…
이제 우린 저 신호등을 함께
바라보고 있어요
신호등을 지나 부드러운
유턴을 해 볼까요?

인생의 유턴이 있다면 지금이고 싶거든요
함께 유턴 해볼까요?

죤만이 큰만이
엄마 미안해
보래요
그립다

김동한

서울 거주

죤만이 큰만이

동생은 죤만이
어려서 죤만이
형아는 큰만이
넘 커서 큰만이
귀여워서 죤만이
넘 이뻐서 죤만이
듬직해서 큰만이
넘 멋져서 큰만이
작은 동생 죤만이
큰 형아
큰만이

죤만이, 큰만이
우리 형제네

엄마 미안해

엄마 웃어봐 찰칵
엄마 손브이 찰칵
엄마 그거잡아 찰칵
엄마 이거들고 찰칵
엄마 하트 찰칵
엄마 여기봐 찰칵
엄마 최고야 찰칵
엄마 늦어서 찰칵
엄마 건강해 찰칵
엄마 미안해 찰칵
엄마 사랑해 찰칵

보래요

보래요 하면 뒤돌아 보고요
보래요 하면 왜요 하고요
보래요 하면 반가워요 하고요
보래요 하면 정겨워 하고요
보래요 하면 다들 날 봐요
보래요 하면 날 따라 하고요
보래요 하면 날 보고 웃어요
보래요 별명은 보래요 래요

그립다

지금은 그리운 그때
누구나 그런 기억속 지금 나는 그립다

서울 88올림픽이 무르익을 때 쯤
자정을 넘어 을반을 마치고 집에 와 밥을 먹으며
전날 경기를 봤던 기억

부모님이 하시던 그 일 광업
땅 속 깊은 곳 자원을 찾아 땅끝까지
그래 나도 해보자고 시작했던 그 일

2년 뒤 땅속에서도 행복이 있어 몸이 인식 할즈음
광산 합리화 정책, 갑반, 을반, 병반, 만근, 굴진, 후산부…
모든 기억을 접은 채 2년의 생활을 마무리 했다

대도시 서울이주를 택했다
지금은 수십년 전 기억이지만
며칠전 그때 그 흔적을 보면서
아련하지만 형언할 수 없는
아니 정리가 안 되는 무언가를 느끼며
그 시절에 매료 되었다

딸과의 외출
나의 봄
난 봄이 좋다

김명주

울산 거주

딸과의 외출

노래를 엄청 좋아하지만 콘서트를 잘 가지 않는데 초등친구 인숙이 덕분에 "같이 삽시다 100주년 기념" 콘서트에 초대되어 딸이랑 같이 가게 되었다. 첨엔 딸이 가려나 하고 안 가면 친구랑 가지 뭐 하는 생각에 딸에게 물었더니 엄청 반기며 엄마랑 간단다. 의외의 반응에 참 좋았다.

23년 1월 6일 금요일. 저녁 6시 생방송 드디어 당일

딸이랑 콘서트는 첨이다. 참 재밌을 거 같기도 하고 설렘 반 기대 반으로 고고씽… 차 타고 가면서 혜은이 가수님의 노래를 들으며 가자 한다.

그게 예의라고 경청하면서 전혀 모르는 노래가 나오면 호응할 수가 없다는 딸의 말에 공감 100배 어떻게 저런 생각을 했을까? 기특하고 나도 덩달아 흥얼거리며 포항도착… 팬클럽 분들이 우리를 기다리고 있었다. 매니저 분도 함께…

매니저 분이 시간 없다며 빨리 서란다. 사진 찍어야 한다고~ "덕분에 같이 삽시다" 포토샵에서 딸이랑 사진도 한컷 찰칵…

드디어 생방, 인숙이 친구 덕분에 팬클럽 회원들과 같은 레베르… 일반인들은 저만치 대기하고 있는데 우리는 먼저 입장 대우 받는 느낌도 들고 딸이랑 같이 와서 이런 느낌을 받으니 지인이 있다는 사실

이 뿌듯… 친구가 바빠서 같이 못함이 못내 아쉬웠지만 혜은이님, 박원숙님, 안소영님, 안문숙님 그리고 초대가수 정훈희님 다섯 분이 어찌나 입담도 토크도 잘하시는지 깔깔깔 대며 웃다가 노래가 나오면 박수치고 신나는 음악에 딸이랑 서서 리듬도 타보고 2시간 30분이 넘는 시간이 후딱 가버렸다.

딸이랑 같이어서 더 즐거웠고 같이 삽시다 연예인들의 매력에 푹 빠진 하루였다. 담에 또 이런 공연이 있음 딸이랑 같이 가 보고 싶다.

토끼해를 맞이하면서 첫 출발을 신나고 활기차게 보낼 수 있게 해준 친구 덕분에 세상을 살아감에 함박꽃 같은 딸과의 저녁 데이트 굿잡.

친구야 고맙고 싸랑한데이…

나의 봄

난 봄이 좋다
연둣빛 새싹이 고개 내미는
봄이 좋다
이른 봄을 알리는 홍매화도 좋고
개나리 진달래 목련 갖가지 꽃들도
온 산의 새싹들 푸르름이 좋다

난 사계절 중에 봄이 젤 좋다

꽃이 많아 좋고
따뜻해서 좋고
온 산과 들의 푸르름이 넘 좋다

난 봄이 좋다

복슬 강아지도 좋고
봄비 맞고 이슬 맺힌 새싹들의
영롱함이 좋고
국민학교 1학년 병아리들의
그 맘이 봄의 파릇파릇한
새싹들과도 닮아 좋고
꽃과 푸르름과 따뜻함이 좋다

그래서 난 봄이 너무 좋다

너와 나
봄이 왔네

김순락

강원도 태백 거주

너와 나

봄비가 내렸다
차츰 번지는 비

우린 창가에 앉았다
나는 노래를 듣고
너는 휴대폰을 먹는다

나는 너무 솔직해서
장점이고 단점이라고
너는 휴대폰에게 말한다

그래 나는
꾸민 마음을 좋아하지 않음이 분명하다
모양대로 살고 싶었다

너는 삼각형
나는 네모
우리 동그라미가 되어볼래

같이 놀이처럼
굴려볼래

봄이왔네

발목을 다치고 가을이 왔다
그리고 겨울도 가고 봄이 왔다

남쪽에선 꽃 소식이 연신 날아든다
여긴 아직 꽃 눈 밀어 올리고 있나보다
나무 끝을 보며 꽃이 핀들 어찌하랴

다친 발을 아기 다루 듯 사는 요즘
봄을 액자에 넣어 걸어 두면 싱싱한 풍경이 되겠다

그렇지만 봄이 오니까
마음은 들로 산으로 내달린다
동네 뒷산이며 들과 둑으로 꽃바구니 대신 자루를 들고
민들레, 냉이, 달래를 캐러 나가야겠다

짙어진 풀빛들을 맘껏 주워 담으며
풀빛으로 물들고 싶다

이 봄에
멀리 저 너머에서 밀려오는 새소리를 들으며 걸어보면
행복할 것 같다

동창회를 돌아보며

김영도

강원도 태백 거주

동창회를 돌아보며

어느 겨울
 눈이 내리고 있었다

나는 늦은 모닝 커피를 마셨다
반나절 눈은 내리다 그치고
불현듯 친구가 보고 싶었다
어릴 적 친구가 보고 싶었다

그렇게 해서
보고 싶은 마음 하나로
무작정 시작한 동창회

보고 싶다 친구야!
유별스럽게 그렇지만 소박하게
친구를 부르며 우리는 모였다

여전히 우린 친구
한 잔 더 할까?
커피든 소주든 건배

같은 마음이었기에 뜨거운 호응으로
가장 빛나는 12기 동창회로 인정 받으며
지금 까지 ing

많은 친구들의 수고로 ing
앞으로도 계속 ing

동창회 가던 날
세상 근심 잠시 놓고 가던 길
여름 매미 소리는 우리처럼
시끌벅적 했었지

어릴 적 친구
불혹의 나이 되어 만나
그리워서 풀어 놓던
그때 이야기들은
늦장미 사이로 아무 일도 아닌 듯
지나갔었지

친구야
건강 잘 챙겨서 오래오래
보고 살자

저녁 한 때
친구

김은숙

서울 거주

저녁 한 때

퇴근길 전철 안에서 음악을 듣는다
듣다가 내려야 할 정거장을 지나쳐 가기도 한다
내가 좋아하는 다나 위너^{Dana Winner}의 팝송을 듣다가

한쪽으로 부는 바람
한쪽으로 부는 바람…

그녀는 나보다 2살 많은 벨기에 여가수다
나는 고단한 날이면 이 노래를 듣는다
그녀의 목소리에서 묻어나는
감미로움에서 힘이 생긴다

살다보면 길이 있을 거라고 빛이 보일거라고
웃어봐요 우리라고 말하는 것 같다

퇴근길 지하철 안에서 옆사람과 출렁거릴 때마다
부딪치며 서 있는 자리에서 이어폰으로 듣는 노래

당신들도 오늘 수고 많았어요
부지런히 지하철은 달리고
한쪽으로 부는 바람이 불어 온다면
나는 지금처럼 한쪽으로만 살아가리라

친구

라떼를 좋아하니
아메리카노를 좋아하니
그건
아침이 좋니 저녁이 좋니와
같은 말 같아

아침도 좋고 저녁도 좋으니까

참 이상해
라떼도 좋고
아메리카노도 좋아

커피라고 발음할 때
쭉 내미는 입술이
꼭 너 같아

친구야 난 너와 같은 걸
주문해줘

못 돼먹은 녀석들
멋지게
보드카하야비치 옴베리또세베리

김재상

경기도 안산 거주

못 돼먹은 녀석들

비명소리
아흐

한 녀석은 오른발 다리를 잡고
또 다른 녀석은 태연하게 앉아
허벅지를 발로 짓누르고
남은 마지막 한 녀석
움찔거리지도 못하게
두 다리로 머리를 옥죄오고

아아 아악
우리의 삶속에 희노애락이
존재하지만
그중에
기쁨과 즐거움을 빼고
그날은
노여움과 슬픔만 쌓인
잊을 수가 없는 하루…

벌려
눌러
쬐어
나즈막히 들려오는 고통의 소리

찢어라
아악
분명 두 가랑이를 찢지만
고통이
가랑이가 아닌
왜
나의 가슴만 아파오는 건지

남은 삶은
매일
미소만 지으며 살고싶다

멋지게

본디 사람의 근본은 폼생폼사!
가는 세월 정면에 서서 폼 좀 잡았건만
폼을 잡은 기억을 더듬으니 찰나로세

허나
그 넘의 세월 나의 앞을 비집고 발버둥쳐대며 빠져나가려 해도
또 다시 난 폼을 잡으며 노래하려 하네
멋지게

귀는 어둡고 눈은 침침해지고
덜덜 방정맞은 손은 왜이리 떠는가?
내 손에 마이크를 잡지 못하는 건 상상조차 하기 싫으이

하늘과 땅이 내게 폼 내공을 주지 않겠는가? 난 무교!
아낌없이 내게 준다면 밤새 부르려하네
멋지게

인생이 담겨져 있는 노래!
한 곡의 노래를 부르려 폼을 잡고
노른자를 먹으려 하네
이러한 나의 삶이 멋지지 아니한가
함께 외치며 시동을 거세
멋지게

보드카하야비치 옴베리또세베리

우람한 가슴을 어루며 햇살을 맞이하네
눈부셔
뻣뻣한 승모근은 마음에 그닥
언제나 그렇듯 복근을 보며
빵긋

어깨의 삼각근은 예전 같지가…

그 아래 기생충 세 마리
샘을 내듯
삼두근 상완근 이두근도 나를 반기네
등따리에서 애교를 떠는 활배근이
토닥토닥 두들기네
방가방가
넓적다리근 장딴지근도 하늘로 공중부양시키네

잠깐
허벅지에 씨게 쥐 왔어
냐옹아 어딨니? 어딨어?
그랬어
남아는 위스키보다 보드카라고
그랬지
장맛을 보려면 서울패션쇼보단

이태리 밀라노 패션쇼라고

테니스친구 골퍼친구
엘보프랜드들이 속삭이며 내려오는 무음소리
쇼가 눈앞 목전에 엘보 녀석들이 놀자며 협박하네

연탄빛처럼 시커먼 복면의 정체
사시미를 차고 살포시
나의 무릎 꼬뱅이에 내려앉네
절염이란 또 다른 한 녀석이 나를
겁박하네
난 소리치네
도둑이야

패션쇼장은 남의 것인가!
이겨낼 수 있을까
이만 접을까

마음
바라보다 눈물이
기대
느낌
웃음

김정미

강원도 태백거주

나은메디헬스 대표

마음

처음 그 마음처럼
생각했던 것
느꼈던 것
다 별 거 없다는 것

변하고
달라지고
없어지고
그리고 또 다시 마음 먹은 제자리로

인정하고
적응하고
또 없어지고
그리고
다시 마음 먹은 제자리로

순간을 알아차리고 보면 그냥 별 거 아닌 것을
어차피
살아내야 하는 일상인 것을

바라보다 눈물이

웃을 때마다
눈물 보일 때마다
소리 없이 바라볼 때마다
잠시 착각한다

웃을 때도
눈물 보일 때도
미소 지으며 모든 걸
나한테 보여줄 때도
잠시 인정한다

그렇게 인정하고
진짜인 것처럼 느꼈지만
다시 내게는 큰 근심이었던 걸
누구는 축복이라고 하는데
나에게는 삶의 무게로…

그저
바라보면
바라보다눈물이…

기대

변할까
달라질까
어제 그 바람들은
어깨를 툭 치고 지나가는데

그 모습 그대로
또 미소 짓는다

변하지도 달라지지도 않고
또 어제 같은 오늘로

그래도
그 바람들은
또 어깨를 툭 치고 지나간다

고단하고 느린
하루처럼…

느낌

예전,
어느 이별처럼
"시처럼 아름다웠던 이름, 누구"

그런게
지금 남아있을까?

그런 건…
남아 있지 않다

다행히 잊었다
너무너무 안타깝게도…

웃음

웃는다
그걸 보고 또 웃는다

좋단다
모든 것이 녹아내린다

오늘도
웃음을 찾아보려고 애쓴다

그게 뭐라고
그게 뭐 어렵다고

닮다
따뜻한 약속

김해든

경기도 안산 거주

닮다

2월이 다 가는데
아직 겨울이라고 당신은 말했다
눈이 흩날리더니 진눈깨비로 내렸다
저녁이 되자 멈췄다
멈춘 것들을 보면 나는 긴장하는 습관이 있다
당신은 때때로 멈췄다
탄광으로 출근하지 않았다
당신이 자주 탄광을 옮겨 다닌 덕분에
우리는 그때마다 전학을 갔었다

훗날 당신을 닮은 당신이 있었다
자주 멈추는 것들이
만들어 내는 건
차갑고 쓰다
그럼에도 아랑곳 없이
내 안에는 늘
차갑고 쓴 것들이 자란다

그래도 당신은
괜찮아질 거라고 말했다
사는 것이 사는 것이라고

따뜻한 약속

　두문동재 내려가면서 부터 벅차 오르기 시작한다.
　드디어 태백에 도착한 것이다. 진지하게 그러나 철부지처럼 들뜨기
시작한다.
　고향은 늘 굽이치는 감정을 동반한다.

　낙엽만 봐도 왠지 슬퍼져요.
　바람 불어도 울고 싶어져요.
　피어나는 조그만 꽃송이 사랑의 물빛이 들어요.
　(가수 혜은이 - 작은 숙녀)

　저 언덕 넘어 어딘가 그대가 살고 있을까　계절이 수놓은 시간이란
덤 위에 너와 난 나약한 사람
　바람이 닿는 여기 어딘가 우리는 남아 있을까
　연습이 없는 세월의 무게만큼 더 너와 난 외로운 사람.
　(바리톤 고성현 - 시간에 기대어)

　사랑이 너무 멀어 올 수 없다면 내가 갈게 말 한마디 그리운 저녁
　얼굴 마주하고 앉아 그대 꿈 가만가만 들어주고 내 사랑 들려주며
　그립다는 것은 오래 전 잃어버린 향기가 아닐까.
　(허림 시, 윤학준 곡 - 마중)

　파란 가을날이면 허밍 하는 노래들이다.　왠지 슬퍼지거나 울고 싶
지 않아도 ,문득 낙엽에 맘을 실어보게 된다.

한 계절이 지나가려 하고 한 나무가 지나 가고 있다.

허둥지둥 했던 시간을 돌아보며 지금은 어제보다 느린 걸음으로 노래를 따라 부른다.

따라 부르며 다가올 겨울로 가 보는 건 어떨까?

마치 우리가 했던 따뜻한 약속처럼.

당신은 어떤 노래에 끌리나요?

어떤 노래를 기억하나요?

늦여름 아침 햇살이 예쁜 날 스스로 질문해 본적 있다.

오래 전 노래를 듣고 있으면 두근거린다. 그 순간 스치듯 나를 흔들고 가던 순간이 종종 있다. 30년, 40년 전 노래를 들으며 10년, 20년 후 음악 산업이 닿을 환경은 어떨까?

익숙한 것이 낯설게 느껴질 때면 생각해 보곤 한다.

난 음악에 대해 잘 모른다. 좋아서 듣고, 듣다 보니 나만의 취향이 생겼다. 느껴지는 감정에 충실하며 반복해 즐길 뿐이다.

그럼에도 어떤 음악에 끝없이 휘감길 때가 있다.

글을 쓰는 내게 시적 영감이 되는 지점이 되기도 한다.

그럴 때면 전율한다. 영혼의 교감을 마주할 때 행복하다.

오래 전부터 한 가수를 좋아했다. 40년이 지나도록 변하지 않는 팬심이 이해되면서도 아이러니하다. 탄광촌 작은 마을 구석에 있던 소심한 아이를 한 세계로 끌어주고 혼자가 아니라고 토닥여 준 노래가 있다.

그녀는 곧 칠순이 된다. 그 레전드 가수를 예전의 시선으로 바라보며 지금도 열광한다.

이렇듯 예술은 그저 재미를 위한 것이거나 지나가는 것이 아님에 위안을 받는다.

흥에 겨워 춤을 추고 따라 부르며 감정선을 따라 호젓하게 젖어도 보고 시절을 넘나들게 하는 힘이 있다.

늦은 밤 낡은 라디오 앞에서 (별이 빛나는 밤에)보냈던 손편지들과 엽서에 그 시절 히트송을 듣기 위해 꾸몄던 글씨와 그림들이 어제 같은 건 포근함이다.

유튜브 시대에 살고 있는 요즘은 음원을 산다. 그럼에도 박스에 고이 간직한 카세트테이프와 LP판들은 한 시대를 묵묵히 품고 있다.

소중하고 애틋하다.

어느날 그녀를 만났다. 낯설지 않았다. 노래가 맺어 준 인연에 감격했다.

예술의 품은 어디까지 일까?

그 품에서 만나면 날것도 무르익게 되는 영혼이 있다고 믿는다.

코로나19가 지속되는 동안 온라인 쇼를 보면서도 열광할 수 있었던 것 또한 음악의 위대함이 아닐까?

쇼를 보는 관객으로서의 마음 자세를 돌아보기도 했다.

누구나 힘든 시기를 살고 있지만, 많은 예술인들이 창의적으로 끌어 낼 그들만의 세계를 응원한다.

세월에게
체온

김형복

경기도 김포거주

세월에게

세월이란 말 언제부턴가 자주 한다
세월이란 말 오래 써 온 말 같다

익숙하다
쉰일곱은 어디 쯤
온 세월일까?

비틀즈의 예스터데이를 따라 부르는
시간쯤이라 생각하련다

올드팝이 좋다
예스터데이^{yesterday}

- 예전엔 고통이라는 건 나와는
상관 없는 줄 알았는데
이젠 그 고통이 내게로 다가 온 것 같아
·········Now I long for yesterday

[이젠 지난 날이 그리워지네]

체온

잘 지냈어
손을 잡는다 친구야
포갠 손 따뜻하다
그리곤 등을 토닥인다
사이 사이로 바람이 지나간다

봄바람이다
어느새 봄이 왔다고
마주 보고 웃는다
방긋

지난 겨울 몹시 추웠지
친구야
손바닥이 축축하도록
등에 땀이 나도록 열심히 일 했지
우리

가끔 한 잔 거하게 마시고
취했던 날도 있었지
움츠렸던 계절도 무사히 지나
꽃 등 켜진 길에 섰지
친구야
견뎌 온 시간 뒤로 봄 꽃 마구 핀다

드럼 에피소드

남상미

서울거주

유듀브채널 파도타기한자

드럼 에피소드

그날은 2020년 11월 30일, 나는 드디어 "렛츠드럼"의 출입문을 열고 들어갔다

나는 경기도 부천이라는 도시에 살고 있고 가장 번화한 곳 중의 한군데가 상동역이다 그런 상동역 대로를 지나다닐 때면 으레 시선이 '렛츠드럼' 간판을 향했고 익숙한 눈길로 쳐다보면서 한번 시간 내서 상담이라도 해봐야지 하고 마음속에 미루어 두었던, 정확히 말하면 지금 시작해도 배울 수 있을까 하는 우려와 걱정이었는지 모르겠지만 그 렛츠드럼에 드디어 상담을 하러 온 것이다

"제가 드럼 좀 배우고 싶어서 왔는데요."

"네, 제가 운영자입니다 이쪽으로 앉으세요."

상냥한 말투의 원장은 나를 테이블로 안내했다.

둥글레차와 커피 중 커피가 좋다고 하자 따뜻한 커피를 건네면서 마주 앉았다.

나는 숨 돌릴 틈도 없이 "드럼은 얼마 정도를 배워야 좀 잘 칠 수 있을까요?"

원장님은 웃으면서 "네, 사람마다 좀 다릅니다."

"어느 정도 드럼 연습에 내 시간을 할애할 수 있는지, 음악은 많이 듣는지, 또 음악은 좋아하는지, 배우게 된 동기가 무엇인지 보통은 취미라고 해도 개인차에 따라서 진도는 조금씩 다를 수 있다고 했고 전공생들은 음악적 감각이 특별히 뛰어나서 그들과는 비교할 수 없다며 여러가지 사례를 들어가며 이해하기 쉽게 조곤조곤 침착하게 얘기해 주었다. 그 순간 참, 설명을 잘해주시는 것 같아 날 가르쳐 주실 때

도 이해하기 쉽게 배울 수 있겠다고 생각했다

 하지만 내가 원하는 정답은 그런 게 아니고 1년이나 2년, 아니면 몇 개월 등 쉽게 가늠할 수 있는 수치를 원한 것이었다. 나는 잠깐 속으로 생각해 보았다 '내가 일하는 틈틈이 시간을 내서 열심히 하면 1년 정도면 잘 칠 수 있겠구나.' 라고 근거 없는 확신을 갖고 당당히 당일 등록을 하고 바로 레슨에 들어갔다

 처음 드럼학원에 가면 바로 세트 연주, 정확히 말하면 심벌과 스네어 여러 탐들을 바로 칠 수 있을 거라고 생각했다. 내가 렛츠드럼 오기 전 사무실 근처에서 맛배기로 잠시 드럼 배운 곳에서는 당일 바로 세트에서 연주하였고 제일 큰 베이스드럼 치는 법까지 설명해 주었기 때문이었다. (사실은 그곳에서의 실패 경험이 이곳에서 체계적 커리큘럼의 차별성을 바로 알게도 하였다. 하지만 그때 멋진 선생님이 열정적으로 가르쳐 주신 그 고마움은 항상 간직하고 있다. 단지 전문 학원이 아니어서 체계적이지 않았을 뿐이었다고 생각한다.)

 그런데 현실은 딱판이라고 하는 연습판만 계속 두드리는 것이었다.

 그날 등록하고 딱판을 연습하면서 시간날 때 집에서도 연습하려고 인터넷으로 딱판도 주문했다 다음날 원장님께 집에서도 연습하겠다며 자랑했더니 처음엔 힘 빼고 자세 교정이 중요하니 학원에서만 연습하라고 하셨다 집에서도 식구들이 딱판은 시끄럽다고 공격당해서 더 이상 치기도 힘든 상태였다 내가 들어봐도 소음이 컸다

드럼 연주는 박자를 몇 개로 쪼개어서 치느냐에 따라서 한마디를 4번으로 쪼개어 치기도 하고 32번 또는 그 이상도 쪼갤 수 있는 것이다. 당연히 정해진 속도 안에서 균일하게 박자에 맞추어 쳐야 하는 것은 물론이다. 오랜 연습과 기술적 숙련도가 필요한, 결코 쉽지 않은 연습과정 들이다

첫날 레슨으로 다시 돌아와서, 딱판 치는 설명을 듣고 정해준 낮은 속도(60BPM)에서 한 박자씩 치는 연습을 했다. 옆에 초등학생들이 쳐다보기에 좀 창피한 느낌도 있었다. 그 학생들은 빠른 속도로 이미 곡 연습을 하는 대선배들이었다.

내가 다니는 클럽(보통 드럼학원은 클럽이라고도 한다)은 초등학교 4학년부터 70대에 이르는 다양한 수강생들이 서로 배려와 격려 속에 잘 어우러지고 있다. 지금도 많이 와 닿는 부분이지만 다양한 연령의 수강생들이 있어서 서로에게 도움이 된다고 생각한다.

그날 연습을 마치고 집에 왔는데 첫 드럼 수업에 대한 기대에 찬 가족들이 무엇을 배웠는지 물어 보았는데 그야 말로 MSG를 좀 쳐서 그럴듯하게 얘기 했던 것 같다.

다음날도 갔다
딱판만 쳤다
그 다음 날도 갔다
딱판만 쳤다
그다음 날은 토요일 이라 이틀 쉬고 또 갔다
딱판만 쳤다.

나는 드럼을 배우러 왔는데 세트는 들어가지도 않고 계속 딱판만 친다

그래도 조금씩 속도가 올라가서 60, 65, 70, 75…
조금씩 빠른 곡들에 맞춰서 계속 딱판만 쳤다

그 과정에 한 가지 확신은 있었다. 원장님은 드럼학원을 20년 가까이 운영하셨고 무엇보다 수강생의 눈높이에 맞는 진도를 잘 맞춰주시고 무엇보다 기초를 몸에 잘 배이게 해주시는 확실하고 체계적인 노하우가 있다 여기서 포기만 하지 않고 따라가면 나도 2~3년 또는 3~4년 후에는 선배 선생님들(여기서는 호칭은 모두 선생님이다)의 50%는 따라 갈 수 있겠다는 확신이었다. 그 선배님들은 보통 하루에 4~5시간 연습하는 분들이다 그렇게 열심히 하는 사람이 많은 게 이곳의 또 하나의 특징이기도 하지만, 당시에는 도저히 이해할 수 없는 긴 연습시간이었다.

어쨌든 나는 그분들보다 연습시간도 모자라도 박자감이나 음악적 재능이 많이 모자란다는 걸 알고 있었기 때문이었다.

3개월을 딱판을 치고 4개월째 나는 생애 처음 세트드럼 연습실에 들어가게 되었다. 나름 힘든 딱판 연주하는 동안 포기하지 않은 나 자신이 기특했고, 인내심으로 가르쳐주신 원장님께 정말 감사했고, 세트에 앉아있는 내 자신에게도 감동 받았다. 나랑 비슷한 시기에 등록해서 같이 연습하던 분은 어느 날부터인가 보이지 않았는데 그날 그분도 생각났다. 지금도 함께 했으면 참 좋았을 텐데…

그날은 내가 진짜 드러머가 된 날이라고 일기까지 썼다.

시간이 갈수록 조금씩 연습이 더 신나고 재미있어 졌다 설레임속에 새로운 곡도 치게 되었다 매시간 정각에서 50분까지 연습하고 10분 휴식인데 그 휴식 10분까지도 아까웠던 적이 많았다. 한겨울에도 세트 연습 중에는 에어컨을 켜놓고 연습한다. 땀 흘리며 연습하니 운동을 별로 하지 않는 나에게는 운동도 되고 아마 혈액 순환에도 도움이 되지 않을까 하는 정체불명의 긍정의 마음이다

작년 여름에 고의적으로(?) 드럼을 배운 적이 없는 친구 두 명이랑 셋서 7080라이브카페라고 하는 곳에 가서 연주했는데 친구들이 잘한다고 했다. 아는 만큼 보인다고 박자도 몇 군데 틀렸는데, 친구들은 스틱 잡은 내 모습 자체가 신기하고 멋있게 보였던 것 같다.

요즘 나는 영상편집을 배워 조금씩 나의 이야기를 만들고 있는데, 아직 많이 배워야 하고 집안일과 겹치다 보면 그로 인해 드럼 연습실에 못가는 날이 많다 그런 날은 좀 아쉽다.
우리 드럼 클럽은 매일 원하는 시간만큼 연습, 연주할 수 있고 토, 일에도 연습실이 개방된다.
연습을 많이 한 날은 그 날 하루를 더 알차게 보낸 것 같은 느낌이라, 행복이 많이 추가 된다.
나는 누구든지 상황이 되면 드럼 배우기를 추천한다. 처음엔 인내심도 배울 수 있고 나중엔 음악도 즐길 수 있게 된다. 아직 배워야 할 과정이 많이 남아 있지만 드럼은 이미 나의 행복 감정 중심에서 대장 역할을 하고 있다.

이 글을 쓰게 된 건 워낙에 글 쓰는 데는 모지리라 관심이 없었는데

친구들이랑 책을 만들기로 했고, 글감이 없다고 하자 글 쓰는 친구가 드럼 배우는 얘기를 정리해 보라고 해서 적어 보았다. 다시 한 번 나를 살펴보는 계기가 된 것 같아 좋았다. 드럼이 내 생활 속에서 많은 힘을 준다는 걸 새삼 느끼게 되었다. 이런 글을 쓸 수 있게 되어 너무 좋다. 해든 작가님 감사해요.

마지막얘기는 어제 우리 클럽에서 있었던 일이다.
살짝 머리가 희끗한 노신사 한 분이 오셨다.
"제가 드럼 좀 배우고 싶어서 왔는데요."
"드럼은 얼마 정도를 배워야 잘 칠 수 있을까요?"

나는 속으로 웃음이 났다. 다들 처음엔 나랑 같은 생각이구나!
딱판 시절을 잘 견뎌내서 또 한분이 즐거운 드러머가 되셨으면 좋겠다.

"네, 사람마다 다른데요."
원장님은 오늘도 상냥하게 그분과 상담하신다. 그날 나에게 하셨던 것처럼……

나는 나

남정숙

경기도 수원 거주

나는 나

아프니까 청춘이라고 했던가
써글
시방 난 아프니까 사장이다 라고
웃픈 패러디를 해본다

그래 써글은 취소
고운 말 같진 않으니까
뭣 모르고 시작한 장사
대기업이 달리 대기업인가
체인점 장사를 하면서 조금씩
알게 되었다

장사는 아무나 하나
아무나 했다 나는
1년이 지났는데 힘들단 생각 뿐
일, 시스템…
하라는 것도 많고
해야 될 것도 많다
당연한 말쌈이라면 할 말 없음요

투자한 나는 그 돈 날릴까봐
전전긍긍
이 와중에 초등 12기 우정의 문집

출간 한다고
글을 쓰라는데
일에 파묻힌 내가 겨우 고개 내밀고 본다
역시 일 얘기 외엔 할 것이 없다
인숙아 글 써야 되니?

체인점 장사든 아니든 장사하는
사람들 많겠지만
그들은 그들이고
나는 나
한 때 어언 옛날 태백에서
장사해 봤다고
해봤으니 까짓 것 했다

지금 와 돌아보니
생계는 늘 숙연했건만
내가 뭘 몰랐다
내 육체에
내 영혼에 습한 것들이 자주 스민다

기분이 썩 좋을 리 없지만
습한 것들도 삶 맞죠?
왜냐
사는 일이 그런 거니까

감사
말
봄을 닮은 그리움

류강숙

경북 포항 거주

감사

갱년기와 일, 스트레스 등등
이로 인해 망가진 육체를 돌아보는데
운동을 선택했다

바쁜 일상을 쪼개서
일주일에 3번 이상 유산소 운동과
근력운동을 병행했다
중요한 건 꾸준히 해야 한다는 것이다

삼년쯤 흐른 것 같다
건강이 조금씩 좋아지자
일상이 늘 감사해지기 시작했다
기름진 날도 허기진 날도 감사로 쌓여간다

얼마전 병원 정기검진 결과
모든 신체 능력치가 나이에 맞게 어우러져가고 있음에
또 감사했다

이 모든 것이 노력 없이 되지는 않았지만
일등공신은 감사란 녀석 덕분인 것 같다
내 마음속 일상의 가장 중요하고 편한 친구이자
고마운 친구는 감사이다

말

말은 내 얼굴
꾸미지 많아도 드러나는
내 얼굴

진심을 담아 타인에게 보내는 내 얼굴
더불어 따스한 미소까지 얹으면
더욱 빛나는 내 얼굴

값비싼 영양크림 같은 말로 치장하지 않은
내 얼굴

세상에 힘 있는 사람이 되지 못해도
힘이 되어줄 수 있는 말로
괜찮은 사람이기를

오늘도 기도해본다

봄을 닮은 그리움

단풍나무 새싹 사이
겨울을 이겨낸 꽃무리가
찬 등어리 위로 소복이 자리 잡고

보라색 댕댕이 꽃들이
무성한 정원엔
가냘픈 발놀림이 바쁜 개미들이
등짐을 지고 분주하네

하늘 불어오는 바람 사이
배어나오는 흙냄새 사이로
노란 민들레꽃들이
홀씨를 준비할 즈음

희뿌연 그리움으로
고향의 유년이 떠오르네

네모에서 동그라미로

박근영

경기도 부천 거주

네모에서 동그라미로

세상구경 하면서부터
젖먹이 시절 보내고
유년시절 보내며

자아의식도 깨우치기도 전에
또다른 사회생활 전후를
보낸다

본인의 자질이 네모인지
동그라미 인지
잘 모른다

점들이 모여서 네모도 만들고
또한 동그라미도
만든다는 것을…

자신은 좋은 쪽으로
동그라미라고 느끼고

남들 또한 나를 동그라미처럼
둥글게 모든 생활에
잘 대처하며 사는
사람이라고 생각해 주었으면 좋을 것이라는

생각에 심취해 있음을
알면서도

타인들에게는 좋은
사람으로만 남으면
얼마나 좋을까 하는
욕심을 마음속에
간직한 채

나를 아는 모든
사람들이 내편을
들어줬음 좋겠다고
살 뿐일 것이다

네모의 삶도 좋은 점도
있을 것이고
동그라미의 삶도
또한 좋은 면, 나쁜 면
두 가지가
공존하는 세상일 것이다

네모가 못가진 것을
동그라미가 도와줄 수도
있고

또한
동그라미처럼 두리뭉실하게 마냥
굴러가는 형태를
네모처럼 각지지만
빠르게 갈 수 있는
방법을 제안하는
그런 친구들이 모여서
이 좋은 세상을 만들어가는
모습을

네모와 동그라미는
바라고 있겠지

1월 1일
그리움 1
그리움 2
6월과 7월
친구들과 함께한 시간

박미혜

충남 천안 거주

1월 1일

병화신년 2016년 1월 1일, 태백산 산행을 시작으로 눈꽃 축제가 열리는 지난 주말까지 두번째 태백산 산행을 하고 돌아왔다. 토요일(1월30일) 아침. 아이들과 남편은 스키를 타러 가고 나는 눈덮인 태백산 등반을 위해 우리 가족은 주말 내내 이산가족이 되어 각자 원하는 겨울 여행을 하였다.

푸근한 날씨에 펼쳐진 태백산의 설경은 많은 등산객들의 감탄사와 인증샷으로 아름다운 태백산의 설경을 담느라 정신이 없었다. 모두가 모델이 되고 영화 속 주인공들이 되어 정상을 향해 올랐다. 친구들은 멀리서 보기만 해도 알아본다고 많은 인파 속에서도 멀리에서 온 친구, 태백 사는 친구, 또 태백 인근에 사는 친구들을 정상에서 만나 잠시 태백산에서의 만남을 기념했다.

정상은 짙은 안개속에 가리워진 눈꽃 나무들이 바람에 흩날리며 추운 겨울 바람을 이겨내고 있었다.

하얀 겨울, 찬바람에 외로움과 서글픔 모두 실어 태백산 정상에 뿌려놓고 따뜻한 사랑 하나 가득 가슴에 담아 왔다. 2월엔 또 어느 산을 갈까?

기다려진다.

그리움 1

장맛비가 내린다
오락가락 내리는
비는 하루 종일 그리움을 만든다

떨어지는 빗물소리
그리운 님을 부르듯
애처롭게 들려온다

마음속 깊이 박혀있던
그리움들이 일렁거린다

님의 목소리가
밤새도록 들려온다

빗물소리는
이제 님의 목소리 되어
귓가에 속삭인다

사랑해 라고…

그리움 2

그리움이 빗물 되어 떨어진다
조용히 내려 앉는
빗줄기

나뭇잎 끝자락에
방울방울 매달려
그리움 채워진
방울들이 하염없이 떨어진다

그리움들 쌓여
기다림이 되려나
불러도 들리지 아니한가

가슴 속 가득
채워진 그리움
하염 없이 내리는
빗물 되어 사라지려나

그리움은 이제
기약 없는
기다림이 되어 버렸다

6월과 7월

세월의 속도는 나이만큼 간다는
말이 맞는듯 돌아보니
어느새 이만큼 와 버렸다

나이가 들어간다는 것
나를 찾아야 한다는 것

숫자에 불과한 나이지만
건강하게 살아 가야한다는 것을
스스로 느끼며

작은 행복 속에서 함께 할 수 있는 가족과
친구가 있다는 것에
다시 한 번 감사하게 생각한다

중년이 되면
더욱 그리워지는 것들 중 하나가
친구란다

내 삶의 힘을 잃지 않도록
열심히 운동하며
\늘 즐겁게 살아가자

친구들과 함께한 시간

멀리 떨어져 지내면서도 한결 같은 마음 하나로
누구 하나 마음 상하지 않고
늘 조심조심 배려와 이해로 변함 없는 우정을 간직하는
S. M. W 나비반지로
우정을 새기며…

정말 마음을 터놓을 친한 친구 둘, 셋이면
행복한 사람이라는데…
그러고보면 나는 참 행복한 사람 같다

함께 울고 웃고 서로를 걱정하는 그 마음
영원히 변하지 않았으면 좋겠다

내 자영업의 무모한 텍스트

박손미

충북 청주 거주

내 자영업의 무모한 텍스트

나는 어느 날 자영업자가 되었다. 50대 예비 노년기에 자영업에 뛰어 들었다. 준비 운동도 하지 않은 채 뛰어 들었다. 젊은 날엔 뭘 하며 살았는지 매순간 나도 열심히 살았는데 그런 마음만 덩그러니 남았다. 그 사이 아이들이 성장 하고 나니 50대가 되어 있었다.

100세 시대라는데 나도 또 살아갈 날을 위해 뭔가를 해야겠다는 마음만 갖고 있었다. 어떤 계획이나 경험치가 있는 것도 아니었다.

그런데 어느날

자영업의 그럴싸한 텍스트도 없이 무모한 도전을 하고 말았다. 고향 태백에 가족을 두고 충남으로 거처를 옮긴 것이다. 처음 해 보는 식당 일은 고되고 끝이 없었다. 사랑하는 가족과 떨어져 지내는 건 생각보다 힘들었다. 창문에 밤바람이 지나는 소리에도 먹먹한 적막이 나에게로 흘러들었다. 준비 없이 끌어안아야 하는 일들이 많았다. 뭘 모르면 용감하다는 말이 나한텐 딱 들어맞는 말이었다. 얼마의 시간이 지날 때까지…

용감하다 라는 말이 바보처럼 아니 덧없는 말처럼 느껴졌다. 그럴 때마다 난 스스로 나를 다독여야만 했다. 그래야 살아 갈 수 있을 것 같았다. 주문처럼 기도처럼… 난 믿어.

나 자신을…

그때 내게 가장 빛나고 힘이 되는 건 역시 가족과 친구였다.

거처를 옮겨 새로운 터전을 만들면서 남편 발령 받아서 오고 큰아이 혼인도 시켰다. 친구처럼 지낼 수 있는 지인도 생기고 차츰 안정 되었다. 마음의 여유가 생겨 태백으로 간간히 친구들을 보러 갔다. 아주 행복했다.

　내가 이렇게 버티면서 지낼 수 있었던 것은 가족과 친구의 힘이다. 내 맘을 부자로 만들어 주는 친구들이 있어 든든하다. 어쩔 줄 모르던 때를 가끔 떠올리며 웃을 수 있는 지금이 좋다.

　나는 이제 외롭지도 고독하지도 않다. 다만 한 가지 이젠 건강만 하자 라고 생각한다.

　어이없지만 내 자영업의 첫 시작은 그럴 듯한 텍스트 하나 없이 무모한 용감이었다. 좋게 말해 본다면 삶의 의지며 내 삶의 방향이 그 쪽이었다고 믿는다.

　무엇이 먼저인지 깊게 들여다보며 살진 않았지만 돌아보면 남들만큼 나도 열심히 살아왔다는 자부심이 있다. 어떻게 지금 이 자리에서 살고 있을까? 꿈만 같았던 시간들과 내가 뱉었던 한숨의 깊이는 아닐런지 그런 마음이 스칠 때가 종종 있다.

　어떤 모양이건 다 지나갔다. 뜨거웠는지 축축했는지 기억나지 않지만 이젠 다짐 없이도 자연스럽게 살고 있다.

　앞으로도 지금처럼 친구들과 맘을 나누고 추억의 탑을 쌓으려고 한다.

　친구들 사랑해!
　나의 친구들 최고야!
　모두모두 건강하고
　행복하게 살자.

날씨
사진
햇님이 방글방글
새벽

박춘선

경기도 수원 거주

날씨

뿌연 유리창 너머로 보이는 하늘이
희끄므리하다
흐린걸까
닦지 못한 유리창 탓일까

2월의 끝자락에서
잠시 생각해본다

겨울을 먼저 보낼까
봄을
먼저 맞이할까

일상은 날씨처럼
늘
변덕스런 장난꾸러기 같다

추웠다 더웠다
변덕을 부려도
여전히 변함없는 일상

굴뚝 속을 나오던
하얀 연기가 갑자기 휘청
허리를 꺾는다

어머나
바람이 간질간질
간지럼을 태우나보다

연기는
온몸으로 간지럼을 느끼듯
이리저리 흔들리다
금세 허리를 꼿꼿이 세우곤
아무 일도 없었다는 듯
무심하게 가던 길을 간다

오늘은
날씨도 심심한가 보다

사진

웃는다
그냥 웃는다
배실배실

보기만 해도 웃음이 나오는
영상 같은
추억의 사진들

소소한 것 하나까지도
앨범 하나 가득 채워져 있는
사진 속의 친구들은
늘
나에게 힘을 주고 웃음을 준다

중년이 되어서도
여전히 초딩같이
하는 짓도
하는 말도
유·치·뽕·짝
까리 하겠지

10년이 지나도
여전히 지금처럼

하하 호호 만나지겠지?

장담할 수 없는 세월에
갑자기
격하게

보
고
싶
어
진
다

햇님이 방글방글

방글방글 웃는 모습이 화사한 햇살 같다고
엄마는 나를 햇님이라 했다
초등학교 때까지는 그랬다

옆집 아줌마도 웃는 모습이 이쁘고
복스럽다고 우리 며느리하자 했다

스무살 시절엔 내가 웃으면 빛이 난다고 하던 사람이
지금은 내 옆에서
티비를 보며 헤벌쭉 웃고 있다

서른 하나
스물 셋
스물 하나

훌쩍 커버린 딸들 만큼이나
지나버린 세월의 흔적만큼
낯선 모습으로 웃고 있는 내가 있다

새벽

문득 올려다본 하늘엔
어머나!
반짝반짝 별이 총총하다
도시에서도 이렇게 별이 빛났었구나

그 동안 너무 앞만 보고 살았나
하긴 이 새벽 하늘을 쳐다 볼 일이
언제 있었겠나 싶다

4시 20분 알람 소리에 이리저리 꼬물거리다
피곤에 절은 몸을 일으켜 일상으로의 나를 위해 준비를 한다
양치를 하고 머리를 감고 세수도 하고
곱게 정성들여 분장도 하며 변해가는 내 모습에
고개도 끄덕거려보며 나름 예쁘다
기분도 좋아진다

5시30분 집을 나서며 잠시 발걸음 멈추고
하늘을 올려다보는 일이 이제는 내 하루의 시작이 되었다

오늘은 날씨가 좋을지 구름 껴서 흐릴 지라는 생각도 해보며
총총총 상쾌한 새벽 공기와 함께
나의 발걸음은 바빠진다

사랑하는딸 현아에게

송윤정

강원도 태백 거주

사랑하는 딸 현아에게

팔뚝만 하던 꼬맹이가 어느덧 엄마보다 더 컸다. 어느 날 패션디자이너가 꿈이라며 서울로 고등학교를 가겠다고 폭탄선언을 했다. 야무지게 스스로 준비해가는 모습에 대견하기도 했지만 엄마는 걱정과 두려움이 앞섰다.

혼자서는 버스도 못 타던 우리 현아… 형제 없이 혼자 커서 욕심도 없던 아이… 서울이라는 큰 도시로 가서 잘 버티고 이겨낼 수 있을지 너무 걱정스러웠단다.

혹시 나쁜 애들과 어울리지나 않으려나… 친구들 못 사귀어서 혼자 외롭진 않으려나… 무서워 혼자 울고 있진 않으려나… 밥은 잘해 먹으려나… 옷은 잘 빨아 입으려나… 청소는… 분리수거는… 모든 게 걱정이었지

그렇게 시작된 서울에서의 고등학교 생활이 어느덧 1년이라는 시간이 흘렀네. 서울이 좋다며 너무도 잘 씩씩하게 지혜롭게 새로운 환경에 적응해 가는 예쁜 딸이 기특하고 자랑스럽다.

엄마는 우리 딸이 어떠한 일이든 즐거운 일도 슬픈 일도 좋은 일도 나쁜 일도 엄마에게 다 얘기할 수 있었으면 좋겠어. 물론 잔소리도 자주 했지만 우리 딸이 스스로 잘 할 수 있다고 믿고 있지만 엄마 마음이 그래 혹시 내 딸이 아플까봐 힘들까봐 늘 걱정이 되거든… 엄마는 우리 현아가 늘 즐겁고 행복했으면 좋겠어. 그래서 우리 현아가 서

울고등학교로 가겠다고 했을 때도 엄만 마음이 넘 힘들었지만 보내기로 한 거였거든… 자기 스스로를 잘 지키고 자신을 아끼고 사랑하며 밝은 아이, 인성 좋은 아이, 행복한 아이로 생활했으면 좋겠어.

사랑하는 딸 현아야.

많이 힘들고 외롭겠지만 그래도 꿈을 향해 열심히 노력하는 널 엄마, 아빠는 진심으로 응원해. 너의 곁엔 항상 엄마 아빠가 있다는 걸 잊지 마. 무뚝뚝하지만 아빠가 널 얼마나 사랑하는지 알지.

항상 너의 편이 되어 최고의 든든한 버팀목이 되어 주실 거야.

사랑하는 딸
엄마딸로 와 줘서 너무 고맙고 항상 바르게 자라줘서 감사해.

덩치는 크지만 넌 컸다고 생각하겠지만 엄마 아빠 눈에는 아직 작고 예쁜 아가란다. 밥 잘 챙겨 먹고 항상 조심하고 건강하고 지금처럼 밝고 씩씩하게 너의 멋진 인생을 하나하나 디자인해 가려무나.

많이많이 사랑해.

영원한 네편 엄마가…

친구라 하네

유거종

경기도 화성 거주

친구라 하네

6. 7년 전 어느 날 저녁쯤이었던 같다. 이직을 고려해야 되는 심각한 상황 속에서 문득 자식으로서… 남편으로서… 아빠로서의 나의 모습을 돌아보게 되었다. 열심히 살면서 잘 버텨준 내 자신에게 대견함과 뿌듯함도 있었지만 아직 끝나지 않은 가장으로서의 책임과 의무는 다시금 나를 긴장시키기에 충분한 무게감이었다.

그럴 즈음 마음 한 구석에 헛헛함과 외로움도 함께 자리 잡았고 50대의 아픈(?) 시간들을 혹독하게 치르고 있었다. 문득 고향 친구들의 소식이 궁금해지기 시작했고 살기 바빠 연락이 뜸해지고 소원해진 친구들을 다시 보게 되었다. 쓸데없는 어색함은 오롯이 나의 몫이었고 수십 년 동안 만나왔던 사이처럼 개구쟁이였던 그 시절로 다시 리셋 되는 그때의 감정은 잊을 수가 없다.

헛헛함과 외로움은 절로 번지는 미소로 바뀌었고 치열한 사회생활 속에서도 여유가 생기는 마법이 생기는 거 같다. 친구들을 만나고 올 때면 행복해 보인다는 가족들은 많은 시간을 내게 양보해 줬고 오늘도 나는 친구들의 카톡 속으로 푸욱 스며 들어본다.

무슨 말이 필요하겠는가.
친구란 그냥 좋은 거지.
오늘도 나는 친구들 덕에 그냥 좋다.

그대로도 괜찮아

유맹수

강원도 태백 거주

그대로도 괜찮아

친구야
글 썼니?
긴 글, 짧은 글… 다 환영이야
그래?
나 글 써 본 적 없는데…
그럼 이번에 써 봐
[아휴, 집요한 지지배 인숙이]
그래서 몇 자 적어 본다
내가 태백의 겨울을 건너는 방식은
겨울이 지나가야
봄이 온다는 이치에 기댄 채
묵묵히 속 터져도 기다리는 것
일이 없으면 쉬고
일이 있을 땐 열심히 일 하는 것
별 수 있나
이렇게 사는 거지
겨울은 내게 쉬어 가라는 계절이지
그러나 봄이 되면
한 계절 침묵이 봄 바람에 쓸려가지
그러니까 살게 마련인가봐

그 다음엔 뭘 쓰지?
음…

창밖은 봄

윤진희

강원도 태백 거주

창밖은 봄

나에게도 춘삼월이 있었겠지
지금 창밖은 춘삼월이다
마음이 말랑해지게 하는 계절이다
창밖을 보고 있으니 나의 청춘이
지나는 바람에 쓸려 가버린 것 같다

떠나간 것들만 떠오른다
어린 시절은 안개보다 더 아득하다
골목길에서 고무줄놀이 하던 친구들
소식 끊긴 그들이 그립다

코흘리개 친구들이 보고파지는
나이가 된 걸까

온 몸을 내던지며 밤낮 없이
살았던 때가 있었다

열정이 식지 않으리라 믿었다
왜 그토록 잘 살아보려고 애썼던가

그건 몸부림이었다
가난이 싫었다 잘 살아보고 싶었다
그러나 그 모든 것들이 조금씩 온도가

달라지고 있었다

돌아보니 고속열차가 한 순간에
지나가 버렸다
기차 지나간 자리 멈춰 서서 바라다본다

늘 그렇듯
예나 지금이나 바쁘게 살고 있구나
코앞이 예순이다
나름 예순부터 제2의 청춘이라더라
스스로에게 말해 본다
위로가 되지 않는다

서글퍼진다
그래도 다시 읽고 있는 삶이라는
장편 소설을 펴보자
인생 아직 다 모르지만
한편의 소설이며 연극이라 했으니
저 마다의 주제를 안고
삶이라는 무대에 서 보자

한 가수가 노래했다

우리는 늙어가는 것이 아니라
익어가는 거라고

나의 어머니

이동수

강원도 동해 거주

그때는 몰랐습니다

그때는 몰랐습니다
당신의 빈 자리를 당신을 떠나보내고야
당신의 자리가 얼마나 컸는지 알게 되었습니다.

그때는 몰랐습니다
당신이 우리에게 얼마나 큰 산이었는지
당신을 보내고야 깨달았습니다

당신은 언제까지나 우리 곁에 계신 줄 알았습니다
당신을 보내고 나서야 그것은 우리의 착각인 줄 알았습니다

오늘도 당신이 계신 곳에 뵈러 갔습니다
사진 속의 당신은 환하게 웃고 계십니다
아무 말씀도 없이…

너무나 보고 싶습니다
아무리 만져도 체온을 못 느낍니다

부디 그곳에서는 아프지 마시고 행복하시길 바라봅니다

사랑합니다
나의 어머니

퇴원을 하며
낙엽이 희망이라고 아무도 말 하지 않는다
두문동재를 그리워하며
매봉산 바람의 언덕
함백산의 봄

이동우

대구 거주

퇴원을 하며

산에 올라 야호하고 불러 본 사람은 안다
메아리는 기쁘게 돌아온다는 것을
복사하여 내 놓는 것 같아도
노여워하거나
슬픈 말로는 돌아오지 않는다는 것을
그대와 나 인생 절반쯤에서
되돌아 갈 채비를 시작한다
메아리처럼

지금 우리네 삶은
되돌아가는 삶
먼 길을 달려 온 뒤
마침내 반향점에 도달하는 삶
문득 부딪혔다는 느낌과 동시에
이젠 돌아가야 할 때가 되었다는 것을
아는 삶

누군가는 그것을 경험하지 못하고
영원히
돌아가기도 하지만

그대와 난 어느 시점
새로 시작하는 삶으로

되돌아가는 중

울려 퍼져 나아가던 소리가
되돌이표에 부딪혀
반향점을 맞이하였다면

지금은 어쩌면 행운의 때
너무 감사한 때를
맞이하고 있는지도 모른다

낙엽이 희망이라고 아무도 말 하지 않는다

눈이 매워서 매일 밤 붓는다
아파하지 않고
어찌 잠드랴
거리마다
떨어져 나뒹구는
희망의 낙엽
낙엽이 희망이라서 더 아프다

희망을 말하는데
자꾸 눈물이 난다

단풍의 길을 지나
색 바래 가는 낙엽
슬픈 기적이 자꾸만 눈에 밟힌다
꿈꾸는 자는
떨어진 희망을 안고 가지만

낙엽이 희망이라고
아무도 말 하지 않는다

두문동재를 그리워하며

하늘 아래 첫 동네가 어디라구요?
태백 황지에서 버스를 탔다면
추전 버스 종점에서 내리십시오
보리수나무가 많은 산기슭을 올라
다래덩굴로 갈아타고
훨훨 뛰어
산사과 가로수 길 따라
함백산 가는 비포장 길로 들어서십시오

두문동재를 감고 도는 구름아래
철쭉 핀 산길을 구불거리는
한 시절의 꿈
구구단을 외며 뛰어노는
어린 아이들의 분교 운동장
몇 바퀴를 굽어보던 곳
그곳이 바로 그곳입니다

나의 아버지가 일 보고 돌아오는 길에
두릅을 한 자루 꺾어 메고
낙엽 솔밭을 지나
질퍽이는 진흙길을 걸어오다
양지사택 뒤 돌산에 올라 쉬며
한 길에 구름 같은 먼지를 날리며 달리는

짐차의 털컹거림을 바라보던 곳

채석장 빛나던 조개탄을 깔고 지은
하늘 아래 첫 동네가 어디라구요?
그곳이 바로
그곳입니다

매봉산 바람의 언덕

내 고향은
추위와 가난의 광산촌
결코 돌아가지 않으리라
마음먹었었다

문득 한 손에 잡힐 듯
돌이키지 못할 시간을 되돌려
이제야 이리도 그리워지는데
소년의 매봉산은 변함없이
배추밭을 품고 있었다

이 언덕 바람타고 넘나드는
끝없이 이어지는 기억의 저편

나락과도 같은 굴에서 탄을 파며
좋아지려고 애쓰던 사람들

현씨도 안씨도 박씨도
꿈을 꾸며 살고 꿈을 그리다 간 곳
남은 사람들은 가버린 세월만큼
또 그만큼 아파해야했다

어머니가 여기 앉아 배추밭을 메고

저기 앉아 도시락을 드시던 곳
이곳에선 옛 사람
누구라도 만날 수 있으리
한번만 그 가난을 맛보더라도
그날로 돌아가 봤으면 좋았을 걸
더도 말고
아프던 쓰리던 고뇌와 방황
기억해줄 한 사람 만나봤으면 좋았을 걸

한번만 딱 한번만이라도
이편과 저편의 시간이 오고 갈 수 있다면 좋았을 걸

나를 기억하고 보고 싶어 하는 사람들아
내가 기억하고 보고 싶어 하는 사람들아
키다리 바오밥나무 같은
풍차에 이는 바람의 기억으로
우린 다시 만났다
제 섰던 곳으로 반드시 돌아오고 마는
원형의 날개에 이는 천년 바람의 언덕

오늘 행복 속으로 들어왔던 모든 사람들아
그리고 내 곁에 머물렀던 꿈들아
혹은 떠나버린 내 꿈들아

담에 또 보는 날까지 안녕

함백산의 봄

가끔
5월 중순에도 눈이 쌓인
봄이 늦게 오는 함백산을 가려면
내 졸업한 황지 중앙초교에서
절골 황춘옥 다리로
쌍바위 골을 한참 지나
동생이
가재를 잡아 구워먹다
불냈던 계곡을 지나
어머니가 이고 내려오던
참취 곤드레 곰취 누리대 나물 보따리

산나물 길로
오르든가
혹은
내 학업이 첫 시작 된 어룡분교에서
양지사택을 지나 고한으로
도시락을 들고
일 가신 아버지를 위해 어머니가
한 밤 중에도 숱하게 오르내리던
두문동재로 오르든가 또는
남한에서 가장 높다는 도로
만항재로 오르든가

함백산은
태백산보다도 높은
해발 약 천오백팔십 미터
태백 황지와 정선군 사북읍 고한리를
한 바퀴 휘익 두른
꽃다발의 포장지 같은
백두대간의 모든 준령들이 감싸 안고
다시 우뚝 세워 올린 명산

계곡의 가파른 얼음을 타고 내려오는
외발 스케이트에 빛나던 계곡마다
봄이 샘처럼 솟아나는 소리
또르륵 또륵 또륵
그 많은 산 다 오고 난 뒤
때늦게 오는 봄
함백산 옛 이름은 대박산
크게 밝은 산
쌓인 눈이 녹아
두문동재에 스며들어
용수골로 솟아올라 낙동강 황지천의 원류되고

다시 두문동을 올라
어룡광업소 광부였던 아버지가
어린 삼형제를 껴안고 울었다는
전설의 돌산 여기저기

철쭉꽃 만발하게 피우던 곳
함백산의 늦깎이 봄은
늦게 오는 만큼 언제나 더 그리움이 간절해
좀 많이 늦으면 어떠랴

천천히 조금씩
내 마음 속 함백산의 봄은
현재도 진행 중이다

가로등
우산
일기

이석이

서울 거주

가로등

온화한 가로등
불빛으로 세상을 밝힌다
불평도 없이
일정한 간격으로
켜졌다 꺼지기를 반복한다
누군가의 조작 대로
익숙함에 당연함에
고마움을 잊고 지낸다
내색도 없이
시간의 흐름을 일깨워주고
다양한 풍경과 감성을
느끼게 해준다
사람은 익숙하다는 것에
무심함을 더해
수많은 상처와 분노를
준 일이 얼마나 많은가
두루 갖추어진 가로등 불빛 같은
사랑을 무상으로 받으며
지금까지 살아왔다면
이제는 되돌려 주고 싶다
세상을 향해

우산

비가 내린다
우산이 필요 하다

없어서
그냥 맞았다

춥다
이게 삶의 진실?

일기

일기를 쓴다. 노트는 봄 오후를 닮은 색이다. 오전을 지나 온 색이 담청색이라면 오후의 색은 저물기 전 가장 환한 분홍이다. 내가 생각하는 분홍은 시작인 것도 같고 끝인 것도 같은 색이다. 분홍빛 노트를 사고 일기를 쓰려고 한다. 생각처럼 열심히는 못쓰겠지만 일기장 앞에 앉으면 나의 하루가 오롯이 보일 것 같다.

오늘은 내가 만난 사람들을 생각하며 관계에 대해 쓴다.

많은 이름이 붙여진 관계 부모. 가족. 친구. 연인… 이런 인연으로 맺어진 우리는 순탄하게 교감하며 살고 있는지, 애정을 느끼며 얼만큼 감사하며 살고 있을까?

때론 사소한 의견 충돌을 시발점으로 단점이 보이면서 사람을 분별해 이건 이래서 싫고 저건 저래서 나쁘다고 한다. 그런 것들이. 마음 속에 뿌리를 틀고 자리 잡으면 변하지 않는 생각으로 굳어진다. 그래서 상대방에게 치유하기 어려운 생채기를 낸다.

자신이 말이란 칼로 아프게 했을 때 인정하지 않고 당연하다 생각하며 타인에게 이해를 바라기도 한다. 자기 언행의 타당성을 알리며 관계를 유지하려고 한다.

과연 관계가 유지될 수 있을까?
만약 분별하기 이전 순수. 배려. 신뢰. 사랑의 상태로 되돌아간다면 어떨까?

서로 다르지 않고 이해하면 충돌이 작지 않을까?
엎질러진 물은 주워 담을 수 없기에
언행을 신경 쓴다면 만나는 인연마다
좋은 관계가 될 것이다.

마음을 내려놓고 집착을 버리는 건
말처럼 쉽지 않겠지만 그렇게 살고 싶기에 그런 생각을 해본 날이다.

누구랄 것도 없이
우리 모두 동시대를 살고 있는 동료이기에 …

친구
나

이영옥

경기도 오산 거주

친구

친구야
부를 수 있는 친구가 있어
참 좋았다

친구야
안아볼 수 있어서
참 좋았다

친구야
서운함을 말할 수 있어
참 좋았다

이런데
조금 서운함에
마음 상해 친구를 버릴 수 있을까?

친구야
친구를 기다리는 마음
너는 알까? 모를까?

나

나는 나를 돌아보며
잘 살았을까
못 살았을까

어떤 삶을 살았을까
누구나 나를 사랑할까
누가 나를 좋아할까

나는 기다린다
어떤 삶을 살아야 할까

나를 찾아주길
내심 기다린다
나를 기다린다

랜덤 박스
커피 한잔

이옥순

경북 영덕 거주

랜덤 박스

 어느덧 60을 바라보는 나이가 되었다. 세월은 유수와 같다는 말이 실감난다. 3년 전 이었다. 나에겐 오지 않을 것만 같았던 적신호가 오고 말았다. 건강했기 때문에 염려하지 않았는데 뇌경색이 왔다. 편마비에 말은 어눌하고 단어가 생각나지 않았다. 모든 것을 잃어버린 것 같았다. 같았다가 아니라 어쩌면 맞는 말일 것이다. 말을 하고 걷고 먹고 생각하고 웃고 울 수 있다는 것이 당연한 줄 알고 살았는데 그건 축복이었다. 아파보고 나서야 뒤늦게 깨달았다. 축복이며 감사임을.

 나의 모든 것에 변화가 왔다. 그 변화를 받아들이는 건 생각만큼 쉽지 않았다. 그러나 살기 위해선 받아들여야 했다. 평소 건강을 자신했던 마음과 아픈 마음이 충돌했다. 서서히 마음과 마음의 무게가 같아지기 시작했고 몸도 회복되기 시작했다. 돌아보니 나는 나를 돌보지 않았다. 아프면서 나 자신을 돌보며 살아야겠다는 다짐을 했다. 내가 건강해야 내 자리가 있기 때문이다. 딸의 자리. 아내의 자리. 엄마의 자리. 친구의 자리, 내 몫의 자리를 다시 한 번 생각해 본 시간이었다. 우리가 알지 못하는 폭탄을 안고 살고 있는지도 모른다. 그 폭탄이 터지기 전 어떤 기호로 신호를 보내는지 몸과 마음을 들여다보며 지금 만큼 건강하게 살아가고 싶다. 어언 3년이 지나갔다. 편마비도 풀리고 말도 하지만 단어 생각이 안날 때가 많다. 랜덤 박스와 같은 삶의 여정에서 건강이 최고인 것을 알게 되었다.

커피 한 잔

아침에 눈을 뜨고
모닝커피 해피데이
몽마르트르의 유서를 한 페이지 읽으며
뜨거운 커피를 마신다
근심은 흐려지고
평온의 세계로 나는 간다
커피 한 잔의 시간이
감사한 아침
오늘 하루도 평온하기를
모두 잘 지내기를…

우리는
S라는 여자

이현규

강원도 태백 거주

우리는

또 봄이 왔다고, 봄이라고
우린 말했다
함께 맞이한 봄을 새삼 세어본다
컴컴하고 창백한 계절은
우릴 지루하게 했다
다시 말하면 겨울은 우리에게
가장 딱딱한 계절이다
그리하여 심기가 불편한 날들이다
우리의 입술에선 뾰족한 말이 자랐다
봄이 되면 둥굴어지는 말들
지난 겨울 너는 자주 아팠다
나는 촛점 잃은 소처럼 앉아
그저 보고만 있었다

어느새 집 앞 화단에 손톱만큼
싹이 돋고 우리에게도 봄이 왔다
눈에 생기가 돋는다
나는 어깨를 펴고
포크레인에 오른다
먼 미래에
등 넓은 넉넉한 너의 곁이 되겠다는
둥근 다짐이 있다

S라는 여자

그녀는 나를 비껴서며
지혜로 깨부순다

결국 서로 깨져서
모래보다
작아져서 작아진 후

품는 법을 알게 한
그 여자

짝궁
댄스
등에 짐

이효원

울산 거주

짝꿍

오늘도 함께 산행길을 나선다

앞장서서 걷다 뒤돌아보며 기다려주기도 하고 힘들 땐 내 뒤를 묵묵
히 따라오며 이제 우린 서로 발이 맞다

험한 길 어둑한 저녁 노을길까지 네가 있어 힘듦도 무서움도 이겨내
며 서로 말 없이 걷기만 한다

영알 9봉 3년째 도전 완주성공 너를 세상에 알리고 싶다
슬쩍 곁에 와서 잠든 너를 보며 고마움과 미안함

내게 와줘 내 짝꿍이 되어줘서 넘 좋다

댄스

첨 듣는 아이돌 노래에 맞춰 춤을 배운다
열심히 동작을 따라하며 똑 같이 따라한다고
나름 자신만만해 하며 연습도 열심히 한다

일할 때도 길을 걸을 때도 잠잘 때도
머릿속은 순서를 외워보며 몸을 씰룩여 보기도 한다

마지막 연습이 끝나고 영상을 찍는다
꼭 잘해야지 해보지만
춤은 한 박자 느리고 몸은 뒤뚱뒤뚱
순서는 몇 번을 틀리고 허둥대다
노래 한 곡이 끝난다

망했다
맘으로는 다 되는데 몸이 나이를 말한다

예전 배꼽키타 치며
언젠간 가겠지 푸르른 이 청춘 하며 부르고 다녔는데…
진짜 후딱 가버렸네
그래도 나이는 숫자라 어울려 봐야지
젊은 친구들 틈에 어울려 봐야지

등에 짐

이른 새벽 산행배낭을 싼다
예전과 다르게 아주 가볍게
물 한 병과 내 먹을 것 조금
산길을 같이 걸어가는 벗에게 나눠줄 음식 조금

이렇게 배낭을 준비해서 산길을 오른다
등에 짐이 가벼우니 힘든 것도 적고 발걸음도 가볍다

산세를 더 많이 보고 감동한다. 활짝 핀 봄꽃 연둣빛 새싹들이 예쁘다
가끔 꽃들에게 말도 걸어보고 손으로 만져도 본다

이경구가 어느 방송에서 그랬던가. 등에 짐이 무겁다고 다 버리고 가면
정상에 올라가서 먹을 것이 없다고 힘들지만 다 지고 가면
푸짐한 먹을 것이 기다린다 했던가

나도 여태 그러고 산 것 같다
젊어서 지켜야할 게 많을 땐 맞다 힘든 것도 잊고 놓을 것이
하나도 없어 모두 지고 왔었지 그래 잘했다

이제는 등에 짐을 가볍게 내 인생 후반을 걸어보자
정상에 올라 그냥 조금 내 먹을 것과
이웃에게 나눠줄 것 조금만 있음 되지 않을까

가볍게 걷자, 어차피 이젠 등에 많은 짐을 조금씩 내려놓을 때다

안부
사노라면

진동숙

부산 거주

안부

인편^{人便}에 묻어 오신
안부를 듣습니다
오래도록
멀리 계신지 까마득하여
제 잠시 잊었습니다
하마 생각해 주실 거라 믿었을까요
봄비가 포살포살
겨울 추위를 안던 날
아, 낯선 곳에서
낮게 전해 듣던
그리운 안부

긴 겨울 장마를 물리던
포실한 봄비처럼 옹살옹살 번져오던 그리움
해실해실 거리던 반가움

그래요 그렇게 가끔
까마득해질 언제쯤
또 그렇게 전해 주세요

그니는 잘 있는가?

사노라면

길은
너무 길고 멀었어요
가기만 한다면 기다리고 있을 텐데
지친 발을 옮겨봅니다
거기서 기다리겠노라 약속은 없었지만
내가 간다면 있을 거라는
그 길고 먼 길 같은 믿음
단 한 번도 흔들린 적 없노라 단언하지 못하지만
흔들리면서 걷고 있는 건
운명을 엿먹이는 것
사사건건 속 시원히 내어준 적 없는
운명을 들이 박는 것
그리고
길 끝을 믿는 것, 믿어보는 것.

사노라면

달력
우리 동네 좋은 동네

최복녀

경기도 안산 거주

달력

매일 보는 달력인데 오늘 따라 새롭네
어쩜 저 달력 안의 숫자는
많은 것의 의미가 있는 것 같다

누구의 생일이었다가
누구의 결혼식이었다가
또 누군가의 소중한 약속의 숫자였다가
사람들의 신뢰와 책임감
모든 것이 담겨있는
신비로운 달력

어쩜 저 달력 안의 숫자들이
꼭 있어야 할
신비로운 달력

나의 인생 한 자락도
저 달력과 같이 했네

우리 동네 좋은 동네

어느 날이었다. 동네 개천가를 걸으며 문득 나는 참 좋은 동네에 살고 있음을 알았다. 처음엔 운동이라 생각하며 걷기 시작했다 2년에 한번 정기적으로 받은 건강검진에서 혈압도 당뇨도 약간 높은 결과에 겁이 났다 건강은 건강할 때 지켜야 한다는 걸…… 그래서 걷기 시작한지 3년이 지났다 겨울이면 시간날 때 아무 때나 걷지만 여름이면 너무 더워 새벽에 많이 걷곤 한다. 일상생활에 지친 저녁이면 밤바람과 친구 되어 걸었다. 등이 꼿꼿한 갈대의 뒷모습을 보며 힘을 얻곤했다. 겨울이면 쨍한 추위에 웅크리며 걷다보면 어느새 마음의 평온함이 온 몸을 헹구어낸 듯 기분이 상쾌해졌다.

봄이면 연한 연두색이 돌고 보라 꽃, 흰 꽃이 별처럼 솟아오른다. 쑥은 작년에 났던 그 자리에서 더 넓게 쑥쑥 자라나온다

저녁을 과하게 먹은 날에도 개천가를 걷는다.
칼로리 소비를 위하여 걸으며 흐르는 물도 바라보며 마음도 적셔 보는 곳이다.

지금은 봄… 냉이 꽃이 만발하다. 꽃 피고 새싹들 돋는 개천을 걷는 것만으로도 기분이 좋아진다.

연두 옆에 갈대가 있다. 모진겨울 추위를 견딘 갈대를 보며 느낀다. 나에게 어떤 모진 바람이 불더라도 견딜 수 있다는 것을…

금송화가 햇병아리처럼 피어 개천가를 장식하면 가던 발걸음을 가끔 멈춘다. 멈추어 서 서 말도 들어주고 내 말을 전하기도 한다.

가까이 가서 눈을 맞추고 쓰다듬어 보기도 한다. 꽃이름 알지 못해도 큰 꽃이네. 작은 꽃이네. 이런 꽃도 있네 하며 발걸음 멈추고 쉼을 공유한다.

크지 않지만 긴 삶의 여정 같이 길게 이어진 개천가…

잉어들, 청둥오리들, 왜가리들, 비둘기들, 까치들, 참새들, 나비들, 개미들, 잠자리 그들이 모여 어울려 사는 곳이기도 하다.

멀리서 보는 가로등은 밤하늘을 보는 것 같은 화려한 불빛의 우리 동네는 빛난다. 예쁜 동네 우리 동네 월피동이다.

개천가를 걸어 오가는 시간은 내겐 행복인 것 같다.

열정을 끓이다
2023년 나는

최양란

경기도 부천 거주

열정을 끓이다

67년 양띠 57세가 되었다. 새해가 되니 마음먹은 맛이 다르다. 언어도 순해진다. 어쩌면 한해를 잘 맞이하려는 의지 덕분일 것이다.

잠시일지라도 다른 맛을 음미해 보는 것이 일상에 생기가 생긴다. 생각해본다.

휴, 핑계겠지만 바쁘다는 이유로 일기 한 줄 쓰지 못했다. 그런데 이번 우리 중초12기 친구들이 함께 책 출간 한다는 공지를 보았다. 나도 내 마음을 써보고 싶어졌다. 내가 내 마음을 헤아려 보거나 토닥토닥 손 얹어 본 적이 없었다. 내가 나에게 미안한 마음이 들었다.

열심히 살았고 분주하게 사는 동안 나이도 많이 먹었구나 새삼 나이를 세어보았다. 단맛·신맛·쓴맛을 알고 떫은맛 까지 아는 나이인 것만 같다.

다시 생각해본다. 이젠 시간을 끌어와 시간 곁에 바짝 붙어살아야 겠다는 마음이 울렁울렁 스쳐갔다.

열정도 건강도 예전 같지 않음을 느낄 때가 있다. 그건 슬프지도 서운하지도 않다. 나는 아직도 열정을 끓이고 있으므로.

그렇게도 걷잡을 수 없이 화가 치밀더니 이젠 화도 안 나고 나더라도 안내고 싶다.

열정 속에 넣어 끓이는 중이니까.

2023년 나는

7개월 휴직을 했고, 다시 복직을 했다. 어디선가 본 네루다의 글이 떠오른다. 오랫동안 꿈을 그리는 사람은 그 꿈을 닮아간다 라고…

휴직기간 동안 나름 다른 방향으로 가보려고 애썼다. 자격증 취득도 했지만 낯설었다. 낯섦을 넘어가 보려고도 했다. 하루하루 질문이 생길 때면 객관적 거리를 두고 고민도 해봤다. 내 직업의 고민이 내고민이기도 하면서 동료의 고민이기도 했기에 절친한 동료와 대화를 많이 했지만 늘 그 자리였다.

친구는 고민도 삶의 귀한 한부분이라며 쿨하게 넘어보라고 말했다. 어느 순간 직장에 대한 고민을 놓아버리고 내가 익숙한 직장에 복직을 했다. 처음 입사 때와는 완전 느낌이 달랐다. 나만이 아는 나만의 색으로 그 자리에 섰다.

사람들은 이런걸 노련함이라고 말해줬다. 15년 직장에서 익힌 근육이 담담해서 걱정도 안 된다. 2023년은 다시 잘 하는 일에 최선을 다하는 내가 되려고 한다.

하루하루 더 열심히 놀고 더 열심히 일할 것이다.

관계
오늘도 난

최성화

강원도 태백 거주

아프리카 튀니지 거주

관계

퇴근 후

어디야?
뭐해?

책 읽어

휴일 오후
뭐해?

집에서 영화 봐

혼자?

아니 친구 준호랑

그렇구나

서운한 이 마음
대체 뭘까

오늘도 난

여행
홀로 배낭 메고 훌쩍 떠나는
내겐 도피처이자 안식처였다

어느 순간부터
풍경이 아니라 사람이 보였다
이런 곳에서 살 수 있을까
생활은 어떻게 하지
불편하지 않을까
아프지 않을까
온통 물음표였던 그들의 삶

어느 순간 깨닫는다
그 기준이 얼마나
편협하고 내 중심적이었는지

많이 가졌다고 생각한 난
얼굴이 그늘져 있지만
그들의 얼굴은 미소로 가득한
밝은 얼굴이었다

이방인인 내게 수줍은 듯 슬며시 내미는 점심
옥수수 반쪽

내가 받은 건 순수한 사랑이었다

여행
내가 늘 그리워하는 건
멋진 풍경보다
여행지에서만 느낄 수 있는
소소한 일상과 사람이다

일은 나의 주머니를 채워주지만
여행은 나의 영혼을 채운다는
말처럼
내가 수시로 배낭을 꾸리는
이유이다

일상을 여행처럼
여행을 일상처럼
오늘도 난
낯선 이곳에서
또 다른 여행을 떠난다

은희
봄이 오는 건가?
친구

최은희

경기도 의정부 거주

은희

어릴 땐
어른이 되면 못하는 게 없는 줄 알았다
50하고도 6년을 더 살았는데
여전히 서툰 것들만
나 잘하네
생각하다가도
신나다가도
부딪치는 인간사
관계에 힘들 땐 컴컴해지는
잠시의 우울

막연하고 두려울 때 있지만
5분이 나의 최대치
나의 이런 모습이 한심하다가도
5분도 못가고
잊어버리는 내 우울의 길이는
5분이다

긍정적인 너
은희야 그런 널 사랑해

봄이 오는 건가

자꾸 창문을 열어 본다

바람이 분다
햇살이 눈부시다

순간 바스락 소리
봄이 오는 건가?

길냥이도 봄맞이 간다
봄이 오는 길목

닫힌 문 여는 소리
기분이 좋아진다

웃음이 빵빵 터지는
아침이다

봄이 온다
봄이 좋다

친구

어릴 적 친구들은 나를 모르겠지
나는 친구들 기억하는데
이름도 얼굴도 표정도
묶은 머리모양 까지 기억하는데
나를 기억하고 있는 친구
몇이나 될까
동창회에 가보니
좋았고
낯설기도 했던 동창생들
스며들기 힘들다
생각 한 적 있었는데
내게 가끔 잘 지내니
보고 싶다
안부 묻는 친구가 있다
나도 반가워 보고 싶다고
말한다
스며들고 있나보다

그렇게
주춤거리며 말 걸고 한 뼘씩 다가간다
선뜻
받아주는 친구들
고향 친구들이 좋다

고무줄놀이처럼 팽팽하게
때론 느슨하게
손 내밀어 본다

우리는 친구

우리는 친구

최한미

강원도 태백 거주

우리는 친구

개나리 진달래 피는 계절
가슴에
손수건 달고
우리들은 친구가 되었네

강산이 서너 번 바뀌었는데
그때의 친구들은
어디서
무엇을 하고 지낼까

반 백살이 지난
지금도
만나면 그 시절
코흘리게 친구들일까

그래도
우리는
그 시절 정다운
친구들이다

봄편지

한현옥

경기도 안산 거주

봄 편지

어머니
봄꽃이 하롱하롱 흩날립니다
꽃놀이 한번 못가시고 어머니 한 생
속절없이 지나갔지요
꽃 피는 봄 날 어머니를 불러봅니다
따뜻한 날입니다
어머니는 춥고 많이 외로우셨지요
가난한 집에 시집와서
어린 나이에 부모가 되어
탄광촌 막다른 벼랑을 어찌 지나오셨나요
어린 자식들 키워내신 세월
어머니 가슴에 고여 있겠지요
윤삼월 동트는 이른 아침부터
저물녘 까지
무거운 나물보따리 머리에이고
굽이진 비탈길 어찌 넘으셨나요
손톱 밑에 검은 물 들고
손바닥엔 굳은살
투박한 손길은 참 다정도 하였지요

어머니 또 다시 봄이 왔어요
동네 개천가 음지에도 제비꽃이 피었어요
그 길을 걸으니 어머니 생각이 납니다

탄광촌의 봄은 추웠지만
봄이 오면 잠깐 어머니 가슴에도
햇살이 들었겠지요
그렇게 믿고 싶은 날입니다

자식들에게 사랑의 표현이
서툴렀을 뿐
남들처럼 잘 먹이고
잘 입히고 싶다하셨지요
어머니 좋아하시던
제비꽃 편지에
그리움 가득 담아 보냅니다

황지 중앙초등학교 12기 문집

친구의 친구

꽃길

박은영 _{김해든의 친구}

경기도 오산 거주

강원도 화전 초등학교 졸업

꽃 길

이 봄에 함박눈이 내리네

살랑살랑 부는 바람에도
흐드러지게 날리어
차곡차곡 쌓여 마음 설레이네

내 마음에도 함박웃음 꽃피네

꽃잎이 떨어지면 떨어지는 대로
비 바람이 불면 부는 대로
천국과 지옥은
마음 먹기 나름이네

내사랑 금순씨
비상

남윤서 <small>김해든의 친구</small>

대전 거주

대전 가양초등학교 졸업

내사랑 금순씨

그녀가 내 곁을 떠난 지 1,047일째다.

그러나 난 아직도 방황을 이어가고 있다.

기쁨도 즐거움도 잠시 뿐 그녀를 아직 떠나보내지 못한 마음은 너무 쓸쓸하고 허전하다.

그녀의 따뜻한 손길, 다정하게 나를 보던 그 눈빛, 세상에서 제일 환하게 웃어주던 천사 같은 얼굴.

나는 그녀를 다음 세상에서 다시 또 만날 수 있을까?

간절히 원하면 이루어진다던데 정말 내가 간절히 원하면 볼 수 있을까?

친구로 만나도 좋고, 부모로 아니면 자식으로라도 만날 수 있다면 얼마나 좋을까.

엄마……

코로나 팬데믹으로 한창 어수선하던 2020년 3월 7일 새벽6시에 휴대폰 벨소리가 울리고 다급한 목소리가 흘러나왔다.

"김금순 환자 따님이세요?"

웅웅거리는 그 뒷말들은 잘 들어오지 않았다.

정신없이 달려서 12분 만에 도착했지만 엄마는 날 기다려주지 않았다. 평생 내가 어느 곳을 가든, 어디에 있든 날 기다려 주었는데 왜 마지막까지 날 기다려주지 않았냐고 따지듯 울음을 터뜨렸다.

일주일이 넘도록 만나지 못해야만 했던 코로나를 원망해야 하나, 아니면 코로나를 핑계로 잠시 방심했던 나를 원망해야 하나, 엄마 머리

맡에 남아있는 하얀 수액이 엄마의 남은 눈물처럼 불빛 아래 출렁이고 있었다.

"돌아가실 때 귀가 맨 마지막에 닫힌단다. 울지 말고 얼른 엄마에게 마지막 인사라도 드려야지."

자지러지듯 통곡하는 내게 언니가 담담하게 말했다.

비상

오랜만에 계룡산에 간다
깃털처럼 가볍게
다람쥐처럼 날렵하게 오르내리던
익숙했던 산길을 오른다

오랜 시간과 세월을 보내고
다시 오르는 길

숨이 턱까지 차오른다
다리는 무너지듯 무겁다

시선은 자꾸 앉을 곳을 찾아
주변을 두리번거린다

나이를 먹는다는 것은
몸이 마음을 따라가지 못한다는 것
잠시 산길에 앉아 새삼 고개를 끄덕인다

다시 오르고 올라
계룡산 남매탑에 다다르니
엄마의 포근한 품처럼
언제나 한결 같이 반겨준다

힘들었던 마음과 몸은
어느새 활짝 핀 장미꽃처럼 웃는다

조금 오래 걸렸지만
앞으로 조금씩 더 늦어지겠지만
정다운 나의 산

오르고 또 오르리라
멋지게 날아오르리라

반복적이고 규칙적으로 흘러 가고 있는 일상
금요일
오늘은 내가 주인공
오늘

이은숙 공정숙의 친구

강원도 함태 초등학교 졸업

반복적이고 규칙적으로 흘러 가고 있는 일상

그 흐름 속에서도
일인칭인
나로 돌아가고 싶어지는 욕구는 시도 때도 없이 찾아온다
몽글몽글 에메랄드빛을
쫓고 있다
어이없는 내 꼬락서니에
실소가 터지기도 한다

요즘 나는
내가 갈망하는 모든 것들에
집중하고자 한다.

그리고
실현 가능한 "상대적 이상"과
도달 불가능한 "절대적 이상" 사이에서 방황중이다.
그 상대적 이상을 두고
어떤 선택을 해야만 좋을지
고심 중이기도 하다

누구나 선택 앞에서
잠깐의 방황은 있기 마련
매순간 해야만 하는 선택에

때때로 긴 시간 침묵하고 숨 가쁜 하루를 만들기도 한다
생산적인 일들을 계획하고
몰두하기도 한다
또한
나의 흔적들을 여기저기 남기고 싶은 날들이 많아진다
어떤 식으로든 팽팽한 자극을 통해 삶의
동기부여를 또렷이 하고 싶다
허망하게 보내고 싶지 않는
내 아까운 시간들
불로초라도 있음 삼켜서 영생을 얻고 싶은
내 아까운 날들
그 흐름 속에서
될 수 있는 한
더 예쁘게 웃고
더 행복해지기 위해 달리고 모든 잡념과 상념에서
자유로워질 수 있는 여행도 자주 떠나고 싶다

휴…
봄이 다시 오고 있다

금요일

소주 한 잔을 벌컥 들이켰다
뭔가 답답했던 체증이
훅 내려가는 듯
그리고 알싸하게
체온이 급격하게 올라간다

금요일
내겐 특별할 것도 없는 요일
간만에 가져보는 생각하는 시간
특별할 것도 없지만 뭔가 하고 싶은 지금
그런데
글을 끄적이는 것 외엔
그닥 할 수 있는 게 없는 시간이다

그렇다고
쓸쓸하지도 않고
옛 기억에 고독하지도 않다
졸리지도 않다
감성에 젖어 쓰고 있던 시나리오를 이어갈 기분도 아니다

하……
참 멜랑꼴리한 기분

이 시간
다들 뭐하면서 보내고 계시나요?
한마디씩 해봐요

공감 좀 하게…

오늘은 내가 주인공

술이 있으면 안주도 있어야지
음악이 있으면 거기에
맞는 조명도 있어야하고
기분은 좋아야하고
좋은 생각을 해야지
꿈을 꾸듯 공상도 즐기고
미소도 지어 보고
혼자 궁상맞을지라도
오늘은 내가 주인공처럼
내가 이래서 술을 못 끊어
공·주·병
인생 뭐있나?
다른 사람은 특별한 거 같아?
내 오늘의 힘듦이
다른 이에게는 없을 거 같아?
아니더라고……
그렇지 않더라고
신경질 나도록 짜증나는
내 오늘이 다른 사람에게도
분명 있었을 거야!
그렇게 비교하며 나를 또 위안해!
내가 이래서 술을 못 끊어!
공자 맹자 읊으며 신나

그리고
술 마시면서 니나노 하기도 힘들지
내가 이래서 술을 못 끊어
혼자서도 잘 놀아
뭘 하면 좋을까 궁리하다

밤새 온몸의 통증으로 몸부림쳤던
내 지친 몸뚱아리를 청소하고자
비장한 각오로 때 타올을 잡았다

오늘

한참 작업 도중
문득 바라 본 거울
푹 쉬어 묵은지 같은 내모 습에 절로 한숨이다
중력의 법칙을 거스르지 않고 지 멋대로
자리 잡은 늘어진 살들
이젠 나이 들어감이 서글퍼지기 시작한다
그리고 두렵기까지
절대 오지 않을 것만 같던
이 나이는 이렇듯
현실이 되었다

온 몸뚱아리는 곪아 터지고 있다
이때쯤이면 나는 삶의 풍요를
온 몸으로 느낄 꺼라 기대했는데
현실의 나는 허망하고
나약함만이 가득 할 뿐
인생은 맘대로 살아지지 않아

이 명언에 변명 같은 내 모든 걸 묻어 버리고 싶은 오늘 이지만
간만에 묵은 각질들도 벗겨냈겠다 멜랑꼴리한 생각들은 잊고
청량한 기분으로 오징어나 뜯으며 19금
영화나 한편 때려야겠다

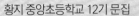

황지 중앙초등학교 12기 문집

포토에세이

구석수

이석이

우리는 삶을 믿고
친구를 믿고
추억을 믿고
오늘을 믿는다

교복이 잘 어울리네.
그때처럼
우리 몸 있을 때 맘껏 즐기자.
벌써 한 해가 가는군.

이때가 가장 젊은 날,
가장 좋은 날,
미소 머금고 우리 옹기종기 모여
총동문 송년회
흐뭇한 추억을 차리고 있다.

언제였더라.
모월모일.
모이는 일이란,
친구야 부르며 달려가는 일이란
그 건 한편의 시다.
웃음 사이로 가지런히 보이는 우정
그리운 순간들…

12기 이끌어 준 임원진들
고맙다.
함께 손잡고 꿈꾸어 보자.
우리들의 정원에서 꽃피워다오.

재영남 선남선녀
우리는 오래된 기도
너와 나,
나와 우리를 위한…

야! 불놀이야.
다들 귀여우심.
저 불꽃 바라보며 웃던 날,
웃음 하나씩 켜들고
마음마다 돋아나던 우정이 있었지.

그 시절 그 추억이
또 다시 온 날.
많이 그립고 아름답구나.

우리의 만남은 일석이조.
삶의 고단함일랑 그냥 두고
오늘은 그냥 신나게
한바탕 놀았네.
내년을 기약하며…

2019년 가을.
낭만이란 어디메 있는 거야.
낮은 산에 오르니
확 안겨왔었지.
낭만이라는 친구.
다시 가보고 싶은 곳.

신리계곡.
여름나기.
물에 쓸려가기 없기
조금 무거워서 그럴 리가…
어디서 불어드는지
한무리의 웃음꽃.

신선한 세월에 의미부여 했던 날이다.
사진은 그날의 감정까지 기억하고 있으리라.
함께 부풀어 오르던 웃음들.
그간의 안부들.
어릴 적 언어가 가득하게 출렁이던
그리고 반짝이던 얼굴들.
어린 우리가 어떻게 이렇게
훌쩍 컸을까?
30주년 축제를 기억하며
다시 꿈꾸어 보아요.

우리는 언제나 보고픈 사람들.
알고 있나요.
그럼요.

얘들아
멋진 세상,
멋지게
더 멋지게…

손에 손잡고 하이파이브!
산새 소리에 들뜨던
그 계절이여.

태백산으로 가자.
등산준비 완료되면 콜!
겨울산을
용감히 통과한 친구들.

연어들의 귀환.
5인5색.
김해든 시 열심히 쓰기다.
마스크 쓰고 모인 우리들.
옹기종기 달맞이꽃 같아.
고마운 친구들.

경사 때
축하의 꽃송이 송이 행복하여라.
하늘도 맑은 날.
사랑으로 한걸음씩 걸어가리라.